그대는 그대이기 때문입니다

그대는 그대이기 때문입니다

초판 인쇄 | 2022년 10월 27일
초판 발행 | 2022년 11월 2일

지은이 | 최란주
펴낸이 | 신중현
펴낸곳 | 도서출판학이사

출판등록 : 제25100-2005-28호
주소 : 대구광역시 달서구 문화회관11안길 22-1(장동)
전화 : (053) 554~3431, 3432
팩스 : (053) 554~3433
홈페이지 : http:// www.학이사.kr
전자우편 : hes3431@naver.com

ISBN _ 979-11-5854-387-7 03810

그대는 그대이기 때문입니다

최란주 지음

學而思 | 학이사

고故 최란주 시인!!

시인이 남긴 시를 정리하며 지난여름 행복한 시간을 보냈다. 더위도 모른 채 읽고 또 읽으며 빠져들었다. '아 이렇게 느끼며 살아갔구나' 연신 공감하면서 나의 지난 삶을 반성하기도 하였다. 시인이 법원에 근무한 28년 세월과 인생 전반이 담겨 있으며, 산수유마을 어린 시절 경험까지 녹아 흐르고 있었다.

첫째 '지독한 사랑을 앓고 있는 시인' 으로 이 시집 첫째에서 셋째 마당까지에 해당한다. 심한 사랑의 후유증을 보이며 심지어 집착으로까지 보이기도 한다. 그 순수하고 열정적인 사랑이 부러움을 불러일으키기도 한다. 이는 고향에 대한 그리움, 부모님에 대한 사랑과 회한과도 연결되어 있으며, 자연을 노래할 때는 티 없는 애정을 보이고 있다.

둘째 '현실비판자로서의 시인' 이다. 이 시집 넷째 마당, 여섯째 마당에 해당하는 부분으로 사회 부조리에 예민한 감각으로 반응하고 있다.

셋째 '끝없는 윤회 속에서의 시인' 으로 이 시집 다섯째 마당, 일곱째 마당에 해당하며, 이별이 곧 예술로 승화하여 다시 만남이 되고 있다.

시인이 남긴 총 251편의 시를 모으는 과정은 지난至難하였다. 법원 회보(1994년~2006년)에 실렸던 글 23편은 법원도서관 원종삼 과장께서 정리해 주셨고, 이어서 약 200편의 원고를 시인의 남편인 윤대룡 님이 여러 번에 걸쳐서 제공하였다. 나머지 20여 편은 각종 문예지에 실렸던 글들로, 제주도(애월) 시인 조선희 님은 계간지《다층》2020년 봄 호에 실린 글을 보내주시기도 하였다.

이렇게 모인 251편의 시는 방대한 분량으로, 한편 한편이 주옥같은 작품이며 우리에게 영감을 주고 있으나 전집을 발간하기에는 여러 사정이 여의치 못하여 고민 끝에 100편을 선별하여 주제별로 일곱 분야로 나누어 엮었다.

1. 첫째 마당: 사랑과 그리움, 다시 기다림(15편)

"내가 그대를 애타게 찾는 까닭은/ 그대는 그대이기 때문입니다"(「내가 산을 사랑하는 까닭은」) 이 시는 법원 회보에 발표된(1994. 5. 15.) 첫 작품으로 결국 전체를 관통하는 주제가 되었으며, 시집 제목이 되었다.

"어딘가에서/ 그가 나를 지켜본다는 것을 알았을 때/ 나는 아직/ 삶이 계속돼야 함을 알았다"(「삶」)

"옷깃을 움켜쥔 줄장미 독 오른 손바닥들이 옛 애인을 붙잡고 늘어지던/ 내 넝쿨손 같아 도망치듯 전철역까지 줄행랑을 쳤다"(「줄장미 붉은 손바닥」)

「삶」, 「비 오는 날의 커피」, 「안구건조증」, 「천년 만의 데이트 신청」, 「눈알이 아파요」, 「줄장미 붉은 손바닥」 등 전편에서 애틋한 사랑과 끝 모를 그리움 그리고 언제까지나 이어지는 긴 기다림이 잘 표현되어 있다.

2. 둘째 마당: 고향을 그리다(15편)

"아버지는 막걸리 도사였다 (중략) 그때마다 어김없이 나뒹구는 건 막걸리병이었고, 늘 잠꼬대처럼 술을 마셔야 세상 사는 재미가 있는 겨, 술이 없으면 세상사 모두 팍팍한 겨 하였었는데"(「막걸리 풍경 1」)

"어머니 그리워/ 옮은 시름겨워 허리 뚫린 채/ 잠을 못 이루던 날/ 새벽녘/ 길을 나와 공중전화를 걸면"(「어머니 생각에」)

대학 시절부터 객지 생활하며 어린 시절 뛰어놀았던 고향 산수유마을과 마을 사람들, 동생들, 특히 어머니 아버지 생각에 눈물짓는다. 「막걸리 풍경」, 「아버지의 초미금」, 「메기」, 「마지막 유산」 등에서 아버지의 팍팍했던 삶과 희생, 어렵게 자란 유년 시절을 떠올리고 있다. 「감꽃 목걸이」, 「산수유 비」, 「오시어요 어머니」, 「어머니 생각에」 등에선 어머니를 그리는 정이 절절하다.

3. 셋째 마당: 자연을 품다(15편)

이 장은 순수하게 자연을 노래한 부분이다.

"바람 부는 날/ 압록으로 기차를 타고 갔다/ 역사 밖으로 / 둥근 보리밭이 바람에 넘실거리며 긴 강물을/ 굽어보고 있었다"(「바람 부는 날」)

「눈」, 「낮달」, 「허허로운 들녘엔」, 「지리산 이야기」, 「바람 부는 날」, 「겨울나무」 등 전편에서 도시의 낯선 생활과 인간사 그늘에서 벗어나 자연과 동심을 그린 것으로 한껏 여유롭고 편안하다.

4. 넷째 마당: 삶, 그 고단함에 대하여(15편)

“시청역 지하보도를 지나다 신문지를 깔고 누워 있는 두 사람을 보았다 남자와 여자는 서로를 끌어안고 억지 잠이 들어있었다 지상에는 아직 눈꺼풀을 내리지 않은 밤이 몰려오고, 신문지 이불 밖으로 상한 무청처럼 종아리가 드러나 있었다”(「신문지 영토」)

이 장에서는 삶, 특히 힘겹게 살아가는 도시인의 삶의 고단함을 많이 그렸다. 둘째 마당에서 어린 시절 가난한 생활의 어려움을 그렸다면 여기에서는 80~90년대 도시와 도시민의 삶의 팍팍함을 날카로운 눈으로 여과 없이 그려내고 나아가 부조리한 사회 단면을 드러내며 고발하고 있다.

5. 다섯째 마당: 사투리, 유머를 넘어 관능으로 꽃피다(15편)

“근디 시방 어디여, 여즉 사무실이라고, 그놈에 사무실은 매미맹키로 붙어서 끄륵끄륵 일만 해싸면 무슨 똑바라진 사내자식 하나 엮어준다디 인제 그만 일을 끝내뿔고 싸게 싸게 나와서 술 한 잔 먹어제끼고 맘에 든 사내가 있거던 거그서 그냥 모른 척 자빠져뿌러 지도 사람인디 나 몰라라 하것냐”(「늦겨울」)

이 시에서는 어머니의 입을 빌려 나오는 입담 걸쭉하고 구성진 사투리가 압권이다. 이어지는 「촌닭」, 「장호원 복숭아」, 「젖꼭지」, 「카페 라 캄파넬라」 등에서 관능미 넘치는 야시시하고 보드라운 장면들이 등장하고 마침내 시집 전체 분위기가 달아오르며 절정을 이룬다. 여리고 약하디약한 시인에게서 이런 열정이 어디서 나오는가 싶다.

6. 여섯째 마당: 살며 일하며(10편)

"초대장을 받는 날은 어김없이 왼쪽 무릎이 시려오지 오늘도 사무실 후배 계집애 현대 컨벤션 웨딩홀에서 둘째 아이 돌잔치를 한다고, 서른아홉 아직 혼자인 내게 고문에 해당하는 초대장을 툭, 던진다"(「고문장」)

한때 우리 사회는 자녀 돌잔치를 많이 하였다. 요즘 결혼도 줄고 자녀 출생은 더군다나 줄어들어 돌잔치 초대받은 기억이 가물가물하다. 시인이 미혼으로 오랜 기간을 보내면서 이 돌잔치 초대가 무척이나 당황스럽고 고통스러웠나 보다.

"서랍을 열면/ 철거에 관한 판례가 사내의 손을 놓지 않으려 한다/ 객관식 답안 중 끝끝내 선택받지 못한 구름과 모자는 눈물을 흘린다/ 책가방을 메고 찬 언덕을 넘어왔던 봄은/ 새벽별과 함께 희미해진다// 부릅뜬 법전을 펴고 답안을 작성하는 스탠드의 결심은 견고하다/ (중략)/ 책상은 언제든지 주름진 얼굴을 배웅할 각오다"(「책상은 주름을 양육한다」)

고시생을 포함한 모든 수험생의 어렵고 힘겨운 생활이 손에 잡히듯 눈에 선하다. 자서전적인 시로, 시인 자신도 사무관 승진시험에 여러 번 응시하였으므로 사십 대 중반부터 시작된 약 10여 년 수험기간으로 시인의 심신이 피폐해졌고, 그 중간중간 몇 번에 걸친 교통사고로 몸이 많이 상하였다. 그 상태에서 마지막 2년여 동안 주옥같은 시들을 남겼다.

7. 일곱째 마당 : 이별, 예술로 승화하다(15편)

이 장에서는 예술성 있는 시들로 시작하며, 낭만적인 분위기가 물씬 풍긴다.

"바람 부는 도서관에 앉아/ 주택임대차보호법을 읽고 있을 뿐인데/ 녹두알같이 박힌 글자들이 풀밭처럼 보였다/ 풀과 풀 사이 굼실대는 여백이 한 줄로 늘어선 양들처럼 흔들렸다”(「풀밭 사이로」)

한편, 시인은 40대 이후 여러 번 교통사고를 당하여 그때마다 병원에 입원하여 치료받으며 힘든 시기를 보내곤 하며 몇 편의 시를 남겼다.

“교통사고로 다친 뼈들의 수다로 풋잠에도 들지 못해요 손을 뻗어 찜질기 온도를 높여도 아무 소식이 없어요 아차, 플러그 꽂는 걸 깜박했나 봐요 내 몸에도 플러그가 있어요 삭정이 같은 두 팔을 뻗어 마른하늘에 꽂으면 푸른 전기가 몸 안으로 흘러 들어와요 (중략) 뼈들의 수다로 시끄러운 밤 플러그는 아무리 더듬거려도 도무지 잡히질 않아요 환한 심장에 꽂을 수 있는 플러그는 도대체 어디에 있는 건가요”(「네트워크」)

마지막 부분에서는 죽음을 암시하는 글들이 이어진다.

“내 기억 속에 남겨질 사람들에게/ 좀 더 오래 악수를 청한다”(「잠자리의 눈물」)

“내 죽으면/ 정결하고 맑은 물가에 나를 앉혀다오/ 너의 자태처럼 아리따운 백로가/ 가끔 물 한 모금 마시다 노닐다 가는,/ 순하디순한 강물 곁에 나를 앉혀다오”(「내 죽으면 사랑하는 이여」)

시인의 남편 윤대룡 씨는 소양강이 훤히 내려다보이는 춘천시 신북읍 산기슭에 시인의 무덤을 마련하고, '법원주사 화순최씨 란주지묘' 라고 새겨 넣었다.

"철저한 타인도 아닌 타인의 물건에 묶인 이번 생은 아무래도 막차를 놓칠 것 같은 예감인데/ 아 이럴 땐, 흐르는 강물 속에서도 흐르지 않기로 한 그림자라도 되어야 하는 걸까// 문득, 영혼을 놓친 연기구름 피어나는 굴뚝 옆으로/ 하르르 배꽃이 지던 일이 떠올랐다"(「가방을 지키다」)

돌아보면 누구에겐들 삶의 고단함과 신산스러움이 없을 수 없겠지만, 세상과 사물을 보는 시선이 좀 더 특별한 시인의 감성으로 자기 삶을 바라보고 끝까지 기록해 나갔을 시인의 마지막을 상상하면 가슴이 저린다.(2021. 7. 21. 코트넷 문예광장 '고 최란주 시인의 삶과 작품세계' 에 실린 부산지법 김경주 사무관 댓글 참조)

이 시를 마지막으로 시인이 우리 곁을 떠나면서 시는 예술로 승화하고 시인 자신은 끝없는 윤회(생사生死의 수레바퀴)로 들어가게 된다. 시어詩語 사용이라든가 내용 그리고 시가 자아내는 분위기에 있어, 조선이 낳은 천재 여류시인 3

인방인 황진이, 허난설헌, 이옥봉을 잇는 우리 시대 시인의 애끓듯 격정적인 시에서 삶의 위로를 받는다.

"가장 아프게만 살다 간 사람, 그 사람, 그의 詩가 곧 구원이었다."

출판은 2020년 시인의 시(「남쪽의 집수리」)가 당선된 매일신문 신춘문예 출간사인 학이사가 맡았다.

학이사 신중현 대표님과 시집 인연을 맺어준 김미희 작가님께 감사드리며, 자료 정리를 해주신 동료 백창우, 안승욱 씨와 예쁘게 디자인해 주신 편집부 여러분께도 감사드린다.

2022. 9. 28.

광교 수원청사에서 정준호

차례

둘째 마당. 고향을 그리다

셋째 마당. 자연을 품다

넷째 마당. 삶, 그 고단함에 대하여

다섯째 마당. 사투리, 유머를 넘어 관능으로 꽃피다

여섯째 마당. 살며 일하며

일곱째 마당. **이별, 예술로 승화하다**

첫째 마당

사랑과 그리움, 다시 기다림

내가 산을 사랑하는 까닭은

내가 산을 사랑하는 것은
그 산이 아름다운 나무와 들과 숲을
가졌기 때문이 아닙니다

내가 산을 그리워하는 것은
그 산이 그윽한 골짜기에
가득한 바람을 안고 있기 때문이 아닙니다

내가 산을 사모하는 것은
산은 산이기 때문입니다

내가 그대를 사랑하는 것은
그대가 아름다운 미모와 뛰어난 재능을
가져서가 아닙니다

내가 그대를 보고파 하는 것은
그대가 나에게 무언가를 줄 거라고 기대하는 것도
영예로운 후광을 얻음을 바라서가 아닙니다

내가 그대를 애타게 찾는 까닭은
그대는 그대이기 때문입니다

삶

해야 할 일이 산적해 있음을 알았을 때
나는 비로소 살아 있어야 함을 알았다

어딘가에서
그가 나를 지켜본다는 것을 알았을 때
나는 아직
삶이 계속돼야 함을 알았다

비 오는 날의 커피

오후, 비는 내리고 쓸쓸히 커피를 탄다
커피 한 스푼 반에 설탕 세 스푼
(난, 단 것이 좋아!)
크림 한 스푼 반까지 마저 넣고 젓는다
왼쪽으로 두 번 오른쪽으로 두 번
(습관이란 참 지겨운 스토커야, 정말!)

순간 어디서 본 듯한 사내가 잔 속으로 뛰어 들어와
맞은편 의자에 다리를 꼬고 앉는다
눈동자가 젖어 있다
에이스 크래커도 좀 부탁해
사내는 주머니에서 담배를 꺼내 불을 붙이더니
입으로 도넛 모양의 연기를 뿜어댄다
세상의 중심은 늘 비어 있어
거기에 뛰어들려고 한사코 몸부림치지 마
우리가 사는 세상 자체가 변두리야
사내는 꼰 다리를 풀고 꾹 눌러 담배를 끄고는
황급히 잔 밖으로 사라진다

저 사내를 어느 소읍에서 보았더라?

삼거리다방이었던가, 대지다방이었던가
비 오는 날 오후의 커피는 쓰다, 아니 달다
추억의 중심에라도 좀 가까워져 볼까?
조금씩 조금씩 더 안쪽으로 스푼을 돌린다

안구건조증

시도 때도 없이 담배 연기를 피워대는 男子
끊임없이 가래침을 뱉어내는 男子
모래사막으로 황사를 불러들이는 男子
간들간들 신기루만 좇아다니는 男子
허락도 없이 내 눈동자 속에 방을 차린 男子
눈이 감길 때까지 나가지 않고 버티는 男子
방 빼라고 다그쳐도 눈 한 번 까딱하지 않는 男子
여자의 슬픔 따윈 사막의 모래 속에 파묻어 버리는 男子
여자의 눈물을 핥아먹고 사는 男子
끝끝내 여자의 울음을 삼키고 마는 男子
여자를 통째로 마시고도 아무것도 쏟아내지 않는 男子
눈에 보이지 않는 게 차라리 더 편한
삐쩍 마른 男子

사랑

1.

봄은 네가 있어 황홀하고
봄은 내가 있어 어지럽고

홀로 꽃피우는 일은
감옥에 나를 가두는 일

누가 나를 이 감옥에서 꺼내어 줄 것인가

붉은 가면을 쓰고
귓속에 더운 언어를 밀어 넣던

봄이 너무 길다

2.

늦가을 빌린 논두렁 위
둥그렇고 높다란 노적가리 한 채
가지런한 햇살들이 꽂혀있다
너무 환해서 눈이 부시다
장끼 한 마리
쭈뼛쭈뼛,
다가와 앉는다
깃털 끝으로 두드려 본다
가만가만,
저항하지 않는 화려함
기침을 끝낸 부리
햇살의 끝을 물어본다
쉽게 들어 올려지는 가벼운 기쁨
하늘에 한 번 비추어 보았다가
살짝 내려놓는다
콕, 콕,
찍어 보다가
씹어 보다가

일그러지는 눈썹
퉤, 퉤,
부리 밖으로 까칠함을 뱉어낸다
이윽고
푸시시,
날아가 버리고 마는
장끼 한 마리

소낙비가 쏟아지는 저녁

송곳날 같은 비가 쏘셔온다 왕십리 우시장을 다섯 걸음 지난 꼬리가 짙은 골목 공중변소가 딸린 지하 단칸방 나의 애인은 늘 비가 새는 지붕 바라보며 우물 속에 갇혀 지내곤 했다 비 뚝뚝 듣는 소리가 정겹다고 말하던 그, 곁에는 쌀 대신 고구마 봉지가 널려있었고 우시장에서 갓 풀려나온 고기 굽는 냄새를 반찬 삼아 고구마를 먹곤 했다 그가 가진 재주는 강가에서 돌멩이로 제비를 뜨는 것이었고 그가 던진 돌이 길고 남루한 바람의 옆구리를 지나 물 위를 나르듯 나는 우리 삶의 기차도 터널이나 우물을 벗어나길 바랐다

하지만 그는 결혼을 하염없이 미루기만 했다 오늘도 전셋집만 알아보다 발이 부었다는 그, 야윈 어깨 너머로 소낙비가 굵은 쌀알처럼 쏟아지기 시작했다

천년 만의 데이트 신청

내 몸이 생각이 많은 죄로
지구에 갇혔으니
머리카락이 자라 복숭아뼈에 닿을 때
지구를 축으로 하여
머리채를 고무줄 삼아
허리에 감아 튕기면
달의 정원에 이르리

내 머리카락이 더욱 길거든
달 속에 궁전을 짓고
머리카락으로 사다리를 만들어
지구에 내려드리리
그대여
입이 많은 지구를 피하여
이 사다리를 타고 달의 궁전으로 오시라
구름을 거니는 듯 사뿐히 오시라
어둠에 별 하나 돋는 듯 고요히 오시라

속엣말 다 털어놓고

해바라기 씨앗이 하나, 둘, 터진다
장닭이 광으로 숨어들어 가 암탉을 품었다
볏 대신 붉은 대봉감이 하늘을 치고
배부른 호박들이 대청마루 위에서 헛심을 재고 있다
등짝을 지지던 고추는 꼭지가 까부라졌다
혼자 된 누렁개가 옆구리가 시리다길래
볏짚을 구해다가 바람막이 해주었더니
뒷발로 들깨 알을 흩트린다
도리깨를 맞은 콩꼬투리는 배배 꼬며 아랫도리를 드러내고
처마 밑 장작은 말없이 말라간다
눈이 제일 게으른 법이지
참새미골 산수유 열매를 언제 다 따나
배춧잎을 오르내리는 민달팽이는 언제 집을 만드나
비인 무밭에 서리가 반짝
흑염소가 식솔들을 거느리고 어둑어둑 돌아온다
손잡아 주는 남정네 하나 없는 과수댁
문고리만 손바닥에 차갑다
해바라기가 속엣말 다 털어놓고 곰보가 되었다

서 있는 강물

삼악산에서 바람 불어오던 날 기차를 타고 강촌역에 내린다 역사 기둥마다 들뜬 사람들의 낙서로 화려하다 역사를 나와 바윗돌 듬성듬성한 강가로 간다 강은 오래 전부터 거기 서 있었다 강물은 흐르는 것이 아니다 제 뱃속으로 따뜻하거나 차가운 물이 밀물과 썰물처럼 만났을 뿐 그냥 서 있을 뿐이다 눈이 먼 바위가 그를 지켜본다 물결이 걸터앉아 바위의 머리를 쓰다듬고 한다 흘러가는 것은 강물이 아니라 사람일 뿐이다 간간이 부는 바람이 구곡폭포에 튀는 물방울 줄기를 더 어지럽게 할 뿐 강물을 흘러가게 하진 못한다 역사 안 기둥에 꽃을 피운 낙서가 영수는 순희를 사랑한데이에서 너는 내가 찜했어로 바뀌었을 뿐 아무것도 변한 게 없다 삼악산 기슭으로 바람이 숨어든다 지나가던 기차가 부우 하고 마침표를 찍는다

눈알이 아파요

당신을 보면 당신을 기억하면 곰달래길을 지나는 빠알간 스커트의 아가씨를 보면 프란세스 과자점을 지나 푸른초등학교 앞 분식점에서 오뎅을 들고 먹는 신문팔이 소년을 보면 비 오는 날 고무호스를 다리에 끼고 나프탈렌을 실은 좌판을 밀고 다니는 사람을 보면 산세베리아의 뾰족한 잎끝이 삐죽 입을 내미는 당신 같군요

종일 모니터를 보며 자판을 두드리는 돌고 도는 생처럼 돌고 도는 글자를 좁은 공간에 습관처럼 처넣고 가까스로 달랜 허기를 허리춤에 숨기고 목에 따뜻한 소주 한 잔 밀어 넣어요

이봐요 당신도 눈알이 아플 때가 있나요 빼곡히 찬 버스 행선지 틈새에 내가 가야 할 데가 없을 때 어느 역에 닿아도 당신 마음에는 닿을 수 없을 때처럼 하루 동안의 울음이 눈알을 부르트게 해서 당신을 생각하면 눈알이 아파요

마른 눈

높은 곳에 오르면 그대 맑은 하늘빛 얼굴 보일까 북한산에 오릅니다 영추사 못 미쳐 얕은 계곡 삼월에 내린 마른눈이 산금山琴을 타고 있습니다 눈꽃을 이고 서 있는 진박새 한 마리 두 눈이 젖어듭니다 바람을 등지고 선 솜다리가 하얀 숨결을 날려 보내고 있네요

그대, 노루귀 같은 솜다리꽃이 뭉게뭉게 피어오르면 산어귀 마른눈이 흩날리는 줄 아셔요 뭉쳐질 수 없는 가벼운 몸이 차갑게 타들어 가는 줄 아셔요 산금을 타던 마른눈이 지족천을 흐르다 다시 피어난 줄 아셔요 산비탈 어둑한 허리춤에 서려도 보고 진박새 눈 속에도 잠기는 저 마른눈이 내 마음속에도 흩날리는 줄 아셔요

소나무 편의점

바닷물을 삼키던 푸른 바람이
엉성한 양철 지붕을 들썩였다
바닷물이 들여진 바이 더 웨이 간판
가슴을 겨우 가린 소나무 네 그루
귀퉁이를 지탱하며 서 있다
소나무 편의점에는 몇 개의 선반이 있고
송진처럼 들러붙는 추억의 초콜릿
탄탄하게 버티는 정열의 솔방울 지압봉
솔잎바늘로 갓 꿰맨 촘촘한 시간의 스타킹
헤어지자는 말을 잊기 위한
연민의 보랏빛 귀마개가 있다
시린 가슴들은 김이 모락모락 나는
호빵을 들고 계산대 앞에 서 있다
계산대에는 갈매깃빛 조끼를 입은 창백한 소녀가
추억이나 사랑 따위를 흥정 하나 없이
바코드 판독기를 통해 읽고 있다
사람들이 판독기를 지날 때마다 가끔씩
도회지 먼지나 소식들 무더기로 떨어지곤 했다
소녀가 기다리는 건 떠난 애인 소식이었는데
모래사장을 같이 걸었던

털북숭이 애인의 따뜻한 옆구리였는데
누가 부자가 되었다더라 전쟁이 난다더라 하는
얘기들만 가득했다
소녀가 애인을 기다리는 동안 소나무 어깨에 걸쳐졌던
간판이 가슴께로 밀려왔다 간다
그리운 것들은 하냥 소리 소문 없이 가슴에 밀려드는 것을
밀려들어 늑골 안 알을 슬어
더 큰 그리움으로 부화하는 것을
소나무 가지 사이로 보이는 대천 겨울 바다
찬바람에 홑이불 서걱이는 소리를 내며
황금빛 연인들을 배경으로 혼자 서있다

붙들고 싶었다

아침 출근길 플라타너스에서 떨어진 쐐기 한 마리 인도에서 차도로 기어가는 모습이 보였다 시내버스는 급한 마음처럼 엄청난 속도로 달려오고, 쐐기 한 마리 지나가는 모습이 상처를 한 방 쏘고 머뭇거리며 떠나는 애인의 뒷모습 같아서 붙들고 싶었다 떠날 때는 떠나더라도 위험하지 않은 곳을 가라고 더 환한 세상으로 날아가라고 옆구리를 툭, 쳐주고 싶었다 이윽고 쐐기 몸을 뒤덮은 육중한 시내버스, 어떻게 되었을까 궁금하지만 돌아보고 싶지 않은 옛사랑처럼 다시 쳐다보지 않는 나

줄장미 붉은 손바닥

초여름 아침 등촌동 자동차공업사 옆 담벼락을 지나는데
줄장미 붉은 가시가 홑겹의 옷깃을 잡아끌었다
출근길 발걸음이 함부로 뻗친 가시에 걸려 잠시 허둥거렸다

제 毒手에 찔린 줄장미 꽃모가지들이
바닥으로 뚝뚝 떨어지고 있었다
옷깃을 움켜쥔 줄장미 독 오른 손바닥들이
옛 애인을 붙잡고 늘어지던
내 넝쿨손 같아 도망치듯 전철역까지 줄행랑을 쳤다

가슴을 쓸어내리는 손바닥이 십 년 전처럼 까칠했다
젠장, 외로움에 긁히고 그리움에 긁히는 게 사랑이다

주머니에 손을 넣고 다니는 사람들은
조금씩 긁힌 손바닥을 갖고 있다
사람들은 쉽사리 상처를 보여주지 않는다
악수가 따듯한 건 상처가 상처를 어루만져 주기 때문이다

가슴을 쓸어내리던 손바닥을 펴면
아직도 털어지지 않는 붉은 가시들, 종일 손바닥이 따가웠다
태양의 모가지가 뭉툭 뭉툭 지고 있었다

자화상

나는 나의 얼굴을
그리지 못합니다
생각하면 쉬울 듯도 합니다만
붓을 들면 자꾸만 잊혀 갑니다

모네의 자화상처럼
몇 번이고 그려서 찢고
또다시 그려내지만
아직 내 삶이 완성되지 않은 듯
나는 자화상을 만들어 내지 못합니다

나는 몹시도 고독한 목을 길게 빼고서
나무 곁에 서면 나무가 되고
돌 곁에 서면 돌이 되고
꽃이 피면 꽃이 되고
나비가 날면 나비가 되어
이 골 저 골 이 계곡에서 저 계곡으로
이 숲속에서 저 숲속으로
날아다닙니다

왜, 어둠을 몰고 가는지
그 까닭을 모르면서
새벽으로 서 있기를 희망하면서도
나는 나의 얼굴을 그리지 못합니다

둘째 마당

고향을 그리다

오래된 원고

오래된 원고에서는
황톳빛 고향 내음이 난다

고랑 고랑 두엄 냄새
칸칸이 흐르는
송아지 울음소리

잔뜩 낡아
먼지 휘날리는 신작로인데

가랑비에 살포시 젖는 오솔길 사이
흐린 들녘을
휘감고 도는 꽃뱀처럼
갈겨진 글씨

보물이 나오는 옛 성처럼
빽빽한데

오래된
아주 오래된

나의 원고에서는

풀잎 고향의
아득한 향기가 난다

노랑꽃별이 뜨는 마을

남원에서 17번 국도를 따라 달리다 보면
산수유꽃 무더기로 펼쳐진 마을이 있다

그 마을에 가면
노오란 향기가 먼저 안부를 묻는다

산꼭대기에 구름 머리띠를 두르고
쉬지 않고 걸어온 바람이
산수유나무에 다리를 걸쳐놓고 쉴 때쯤이면
세상 모든 아픈 것들이 내려와
노오란 산수유꽃 그늘에서
톡톡 웃음을 터트린다

산수유꽃들은 하늘로 올라 노랑별이 된다

산수유마을*에 가면
노오란 풍경에 눈이 젖고
옷이 젖고 마음이 젖는다

* 전남 구례군 산동면

밤을 줍다

까치가 가을을 파먹고 들어가는 오후에
밤나무 산에서 밤을 줍는다
가시가 돋친 밤송이를 발뒤꿈치로 부비면서
안에 든 밤을 들어낸다
밤을 들어내다 밤송이 가시가 손가락을 찌른다
찌른 가시를 들여다보면
가시 밑으로 밤송이가 웅숭거리며 살아온 집터가 보인다
벌벌 떨면서 가시로 무장하고도
밤색 단단한 껍질을 앞세우고
그 안에 골이 파인 줄무늬 내피를 안고 있다
상처가 많은 것들은
자신의 몸을 다잡아서 단단히 채우고도 모자라
바깥에 갑옷을 두르고 무장하고도
벌벌 떨며 서 있는 것이다
한 해의 대부분이 먹혀들어 간 계절의 끝머리에서
밤을 주우면서
밤송이 가시밭이 마음속에 들어앉은 건 아닌지
뒤돌아볼 일이다

산그늘

산허리에 드리운
산 그림자
마을 허리에 걸리었다

너른 안마당
고추, 깨를 널던 머리 흰 할머니가
동구 밖에 나와 배웅하고

아이가 가는 길은
뜻은 하나
길은 만 리 만 리 구만리

냇물은 도란도란 세월을 몰고 가고
물기 없는
모래땅에 땅콩들이 톡톡거리고
태양빛에 말린 고추들이 데굴거리고
안마당에 널린 참깨 주머니
바사삭 말리워 갈 때

자식은 길을 떠나고

가랑잎처럼 내리는 할머니의
손짓 하나인데

완행버스가
먼지 일으키고 떠나갈 적엔
어느덧
산그늘이 내려와
마을을 온통 덮어버렸다

막걸리 풍경

1.

아버지는 막걸리 도사였다 막걸리로 아침을 삼고 점심을 삼고 저녁을 삼는다 늦은 밤 별빛 아래 막걸리 잔을 들고 와상에 앉아 안주라곤 달랑 김치 한 접시와 풋고추 몇 개, 김치를 별빛에 담가 먹다가 풋고추를 달덩이에 꾲아 먹다가, 취하면 박목월의 나그네를 외우다가 드러눕던 막걸리 도사 와상 다리의 그림자가 기울 때쯤 매미 소리가 잦아들고 귀뚜라미가 울기 시작했다

간혹 그는 나무하러 지리산 자락에 오르곤 했는데, 나무를 잔뜩 채운 지게의 뒤통수에 낫과 갈퀴와 먹다 남은 막걸리 병 몇 개 둥기둥, 반달처럼 걸려있었는데, 반달이 비척비척 걷고 있었는데, 그는 가끔 비닐하우스 막사에 누워 반달 대신 물컹한 비닐하우스 천장을 보고 드러누운 적도 있었는데, 그때마다 어김없이 나뒹구는 건 막걸리 병이었고, 늘 잠꼬대처럼 술을 마셔야 세상 사는 재미가 있는 겨, 술이 없으면 세상사 모두 팍팍한 겨 하였었는데, 그의 옷깃이 엎치락뒤치락할 때마다 고놈의 술 취한 달은 배시시 웃기만 하였었는데

2.

그는 늘 막걸리만 마셔댄다 멸치 몇 개와 김치 한 접시를 놓고 막걸리를 마신다 늙은 노총각 신세타령하다가 텔레비를 보다가 선풍기를 켜다가 작은방 쪽 창문으로 늦바람을 불러 모으다가 그렁그렁 정든 고향 역을 부른다 먹고 남은 빈 병은 어깨만큼 잘라 싱크대 구멍을 막았다가 화장실 구멍을 막았다가 단내 나는 입에서 나오는 한숨을 막는다 사는 게 별거여, 이렇게 뚫린 가슴을 막걸리로 대충 막으면 그만이지 결혼은 왜 하는지 모르겄다고 하면서, 하지만 그도 불끈 솟아오르는 고놈의 막대기 달은 어를 줄 모르는 모양이다

3.

막걸리를 나르는 건 늘 내 당번이었다 이 밭두렁 저 밭두렁을 건너다 점순이 아지메 주막에 가려면 한나절이 걸렸다 속빈 양은 주전자를 들고 주막집에 들러 막걸리로 가득 채웠다 시간이 빨리 가버렸으면, 이러다가 밭고랑이라도 하나 덜 매게, 시간이 빨리 가버렸으면, 그러다가 수염이라도 빨리 나서 하기 싫은 숙제 안 하고 돈이라도 많이 벌어부렀으면, 꽉 찬 막걸리 통을 들고 밭두렁을 지나다 보면 배가 고파왔다 하이고 나도 모르겄다, 한 잔 걸치면 해롱해롱, 밭두렁이 나를 세상 밖으로 밀어냈다 구불텅한 밭고랑 사이를 헤매다 어렵사리 우리 밭논에 이르면, '저놈의 자식이' 작대기로 엉덩이 한대 얻어맞고, 살펴보면 막걸리 주전자가 반이나 비었다 주전자 안으로 몰래 들어온 달덩이가 막걸리 위에서 해죽거리고 있었다

아버지의 초미금焦尾琴*

뜨거운 불길은 변방이 아닌 발밑에서 끓어올랐고
나는 밑창이 반쯤 터진 운동화에 빗물을 담고 살았다
오후 내내 막걸리 독에 빠져 있던 아버지는
어머니랑 내가 비닐하우스의 오이를 따서 보낼 때쯤
등 뒤에 노을을 지고 와서 마루에 부려놓고 누워버렸다
아버지와 함께 술에 취한 노을 속에선
볶이고 볶이다가 검게 탄 신 김치 냄새가 났다

윗동네에서 얻어 온 교복인데 입어봐라 맞나
이젠 더 이상 얻어 입는 것은 싫어요 언제까지
거지꼴로 다녀야 하나요
껌 공장에 가서 껌 종이라도 싸야 할까 봐요
사흘에 피죽 한 그릇도 못 얻어먹은 사람마냥
약해빠진 애가 무슨 공장 타령이냐

방문을 차고 나가 부엌으로 갔다
가마솥 아래 아궁이 속에 마른 나뭇가지가 타고 있었다
교과서를 들어 구멍으로 던져 넣자
불꽃은 페이지의 바깥부터 달라붙었다

지금, 너, 뭐 하는 짓이야
눈썹에 불을 달고 호통을 치는 아버지
에트나 화구에 뛰어드는 엠페도클레스처럼 달려와
조금씩 글자가 사라져가는 교과서를 꺼내고 나서
큰 소리로 울었다

돌멩이 많은 험한 밭 같은 세상에
아버지는 한 알의 밀알이 되어 썩어져 거름이 되고
너에게 환한 날개를 달아주고 싶었단다

어머니의 다독임을 건성으로 들으며
나는 어둑신한 광 한구석에 처박혔다

눈꼬리에서 씨앗이 발아하여 간지러울 때쯤
차가운 각을 지닌 모서리에서 아버지의 초미금을 보았다

할아버지가 아궁이에 넣는 거문고를
아버지가 보고 꺼냈단다
할머니는 아버지가 농사일 하길 바라셨어
아버지는 학교가 가고 싶다고 했지만, 불가능했어

겨우 한 번 울었던 거문고는 아버지를 이해할까

* 초미금: 후한(後漢)의 채옹이 오동나무가 불타는 소리를 듣고, 좋은 나무인 것을 알고, 불을 때고 있는 자에게 청하여 나무를 꺼내어서 거문고를 만들었는데, 탄 자국이 남아있었으므로 이름을 초미금이라고 했다.

메기

아버지 검은 장화를 신고
물속으로 들어간다
아직 덜 피어난 버들강아지
굼실굼실 시린 허리를 비틀 때
둥근 머리 큰 입가에 수염이 달린
길고 느린 속도가
미끄덩한 돌멩이 사이를 지나간다
보름을 앓아 밥알이 소태 같다는 어머니가
꼭 먹고 싶다는 메기매운탕
걱정 말라며 큰소리치고 나온 터
아버지가 물속 깊이 손을 넣어
꼬리를 잡으니 미끄러운 몸통이
손가락 사이로 재빠르게 빠져나간다
다시 몸통을 잡으려고 허리를 구부린다
됐다, 하는 순간
메기는 몸통을 감싼 손가락을 밀쳐내고
둥글게 허리를 꼬았다 펼치며
온 우주에 찬물 한 방울 튕겨놓더니
처음 태어났던 그곳으로 다시 사라진다
찬물 속 돌멩이가 장화 바닥을 밀어내자

기다렸다는 듯 차가운 물주먹들이 아버지의 몸을
풍덩, 잡아당긴다
또다시 일어나
메기 눈알을 쏘아보는 아버지
번뜩, 메기의 둥근 머리를 잽싸게 잡아
뜰채에 던져 넣는다
온몸이 물 범벅이 된 아버지
뜰채 안에서 몸을 뒤채는 길고 검은 고요함
비로소 미소 한 방울 떠올리는 아버지
새로운 발자국을 물세상 밖으로 디딘다

마지막 유산

시상은 뭐니 뭐니 해싸도 도장을 잘 찍어야 하는 겨
도장을 조심해야 하는 겨
니는 커서 농삿일 혀지 말고
도장이나 찍으며 살라고 힘들어도 공부 가르치는 겨

헐거운 가방 하나만 들고
서울 으슥한 지하 방을 떠돌다
친구 눈물에 홀려 연대보증 계약서에 도장을 꾹-
눌러줘 버렸다
이십여 년 동안 모아 둔 목돈이 화르르-
날아가 버리고
내가 바보지, 바보야 하면 법원 문밖을 나서는데,

뭐니 뭐니 해도 도장을 조심해야 하는 겨

아버지의 말씀이
봉숭아 씨방 터지듯 터져 나와
내 뒤통수를 때렸다

감꽃 목걸이

지리산 골짜기 반쯤 스러져 가는 집에 어머니가 앉아 있다 수수깡과 볏짚으로 누덕누덕 기워져 있는 흙벽에 기대 머릿수건을 쓰고 있다 얼기설기 옹이 진 몸이 흙벽처럼 말랐다 시래기 걸린 처마 밑으로 우수수 마른 햇볕이 몰린다 무너질 대로 무너져 곳간조차 들일 수 없는 집, 바람조차 들일 수 없는 집, 허리 굽은 늙은 감나무 한 그루만 돌담에 기대서 있다 단 한 번도 품 안에 거두어들인 적 없는 안방 문고리가 감꽃처럼 흔들리고 있다 비우고 비워 더 이상 내줄 것이 없을 때 만들어 주던 내 생애 가장 화려했던 선물, 감꽃 목걸이는 지금 어디로 갔을까 어머니의 흐린 시야 속에 잠겨 버렸나 어머니 대신 감꽃을 접는 내 손끝에서 바람이 인다 마당에 떨어져 이리저리 쓸려 다니는 감꽃들을 따라 어머니 흰 머리칼이 흔들리고 있다

산수유 비

햇살이 갸웃거리는 산수유 골
어머니와 산수유 열매를 따러 간다
햇살이 갸웃거린다
도둑놈의 발톱을 낫으로 쳐내자
작은 청개구리 한 마리가 튀어나왔다
고개가 꺾인 도둑놈의 발톱 위에
푸른 포장을 깐다
산수유 열매를 조심스레 따다가
나뭇가지를 작대기로 후려치는 어머니
부러진 가지라도 아예 꺾지는 말아라
가슴까지 붉어진 어머니의 말씀
후드득후드득
산수유 비 내린다
까치들을 위해 두어 개 남겨 놓아라
어머니의 붉고 말랑말랑한 말씀
후드득후드득
산수유 비 되어 내린다

어머니가 이상하다

어머니가 이상하다
시골집에선 서울 딸들이 밥이나 제대로 챙겨 먹는지
사내는 사귀고 있는지
밤 기차로 훌쩍 올라와 성화시더니
막상 서울 와선 염소가 새끼를 낳았는지
개들이 집단속은 잘하였는지
오는 장날엔 산수유를 내다 팔아야 한다며 걱정이시다
무릇 마음이란 항상 먼 곳을 향하기 마련인가
먼 곳에다 마음 줄 놓아두고
잡아당기듯 가까워지면
또다시 마음 줄을 먼 곳에 내보내고 나서
밤새 종종걸음을 하다 마음의 발은 불어 터진다
어머니가 이상하다
시골집에선 서울 소식을
서울집에선 시골 소식을
귀에 담아두어야만 단잠을 주무시는
어머니가 요즈음 이상하다

오시어요 어머니

오시어요
달그림자 넘치는
섬진강
두 줄기 물살 가르며

오시어요
황홀한 빛으로
타는 오늘 밤의
저녁 노을처럼

흰 고무신의
뒷모습을 가슴 가득히
고여 안은 채

오시어요
산수유나무 껍질처럼
마디 굵은 손으로
잡으러

오시어요 어머니

어머니 생각에

어머니
당신은 시냇가에 심어진 커다란 나무요
나는 거기 제일 끝에
가늘게 달린 작은 가지입니다

어머니 그리워
엷은 시름겨워 허리 뚫린 채
잠을 못 이루던 날
새벽녘
길을 나와 공중전화를 걸면

당신께선 일찌감치 들녘으로 일하러 가시고
눈물 글썽인 채
돌아보니
잠 못 이룬 꼬부랑 할머니가
싸리 빗자루로 마당을 쓸고 있습니다
그 더운 바람을 쓸고 있습니다

여름 풍경

1.

백반을 친 봉숭아
손톱 끝에 실로 찬찬 매다가
하늘에 별이 몇 개더라
그렇게 뇌인 그리움같이

낯설은 태양이 활활
놀다 간 안마당엔
타닥타닥 모깃불이 바알갛게 솟고
먼 산에서 여우 우는 소리 들려오는 시절같이

대숲에선
바람 소리 씽씽 불어올 때,
할머니의
구미호 얘기에 섬찟한
아이는
엄마 품에 안겨서 잠이 들었던
그 여름날의 풍경같이

2.

차올라라
차올라라
저 산 끝에서 부르는
어느 정겨운 이의 목소리

즐거운
새는 훌쩍 뛰어
높이 비상하는데

바깥바람 쐬러 나온 아이들
놀이터에서
고무줄 튕기는 소리

3.

들녘에 나선 아버지의
뒷모습이
눈물에 흐려진 밀짚모자만큼
뉘엿뉘엿 지고 있을 때

재 너머 날아오는
밤꽃 향기가
순이의 보조개인 양
어여쁘게

안마당을
휩쓸고 지나간
여름 한낮

졸음에 겨운 아이는
소여물
쑤는 것도
한참 잊었다

탈 속

- 군대 가는 동생에게

왜일까
네가 떠난 빈자리는
까치가 떠난 동우리처럼
모든 배가 휘젓고 떠난 망망대해처럼
텅 비어 있는 게로구나

나는 오늘 네가 쓰던
옷가지며 책들을 정리하면서
사람이 잠시 떠나 있는 게
도리깨로 참깨나 콩을 치고 나서 남은
빈 속대 같다는 생각을 해보았다

사랑하는 동생아
군대는 또 다른 사회
그 속에서 적응 잘하고
네 떠나가기 전 사귄 여자 친구 있거든
힘들 때 그녀를 생각해 다오
그러나 그 누구도 네 가슴속에 없거든
특별히 만들려 애쓰지 말아

고독이 싫어
세상 가운데 있는 것이나
세상이 싫어
산중에 있는 것이나,
부지런한 지구는 항상 자전과 공전을 하고
사는 거야 매양
다른 거야 없지만

장성한 너를 보니
든든하기도 하지만
한편은 마른 눈물도
쏟아지는구나

사랑하는 동생아
어디에 있건
네 주위의 사람들에게
너의 존재는
어둠보다는
빛이 되어다오

그리고 무엇보다
건강하여 다오

건강하여 다오

셋째 마당

자연을 품다

눈

그대는
어느 먼 곳에서 날아온
한 마리 학입니까?
그토록 어여쁜 모습으로
먼 곳에서 손짓하는 학입니까?

잡히지 않는
모두 그리움이 될
까마득하게 내려오더니
나는
마침내 승천한 것 같아

눈을 뜨고 바라보면 볼수록
겹겹이 쌓이는
그리운 세사世事
꽃잎 꽃잎으로 더웁힌 눈입니다

토란잎

토란잎은 아무 말 없이 우두커니 있다가
자기 숨구멍보다 큰
빗방울들을 돌돌 말아 흙으로 굴려 보낸다

낮달

벌레 먹은 햇살이 드나드는
잎사귀 발그레한
물푸레나무 그늘에 앉아 산비둘기가 웁니다
젖은 목청을 새어 나오는 울음소리
그 소리에 나무가 흔들리고 있습니다
가만히 들여다보니
깃털이 얼금숭숭 빠진 자리
잘 여문 추위로 붉어진 잎사귀가 얹혀 있습니다
햇살이 동그랗게 깃털처럼 빠져나간 나무 아래에서
산비둘기는
누구를 위해 울고 있는 걸까요
마른 눈발이 빈 가지에서 바스락거리는
겨울이 오면
산비둘기는 어느 그늘에 앉아 울게 될까요
산초 열매만 한 눈알에 눈물방울이 거먹거먹 고입니다
그 눈알 속의 흐린 우물에
뭇시선에 비켜서서 진종일 울던 낮달 하나가
잠시
투명한 몸을 담가주었습니다

허허로운 들녘엔

허허로운 들녘엔 바람이 노닐다 가게 하라
건더기 하나 없는 허공엔
속속 바람이라도 불게 하라

파랗디파란 하늘에는
조각구름이 흐르게 하라
시리디시린 혼이 아픈 가슴으로 와서는
한숨 낮잠이라도 청하게
둥실 두둥실 작은 배 떠가게 하라

빈 들녘
속 나부랭이 불어 터진 허수아비 곁엔
배통 부른 참새떼라도 와 앉게 하라

쉼을 청하면 노래라도 지껄이고
기인 하품 늘이면
뚱짝 뚱짝 춤이라도 추어서
훠이 훠어이 -
쫓던 일은 머언 먼 추억이게 하라

석불

석불은 몰랐다
자기가 돌멩이인 줄은
귀가 깨진 석불은 몰랐다
자신이 귀가 큰 바위인 줄은
더욱 자기가
이 지상의
가장 아름다운 풍경이라는 것을
그러나 추운 겨울날
턱밑에 슬은 이끼마저
찬바람에 떨어지고
알몸이 곱아가는 날
그는 보았다
고인 연못에 비치는
제 모습을
귀가 없는 사람 하나
온몸이 귀가 되어
온종일 그렇게 고즈넉이
긴 들녘의 울음소리를
듣고 있는 자신을

지리산 이야기

1.

네 목소리 한번 듣자고
네 손목 덥석 잡자고 한 삿날을 걸었던가
원추리 노란 미소로
웃고만 있는 얼굴

널 그리며 아파트 창문 너머로
비 쏟아붓는 한강 변을 바라보는 일은
호사스런 일이다

이런 날 늙은 아비는
초랭이도 쓰지 못한 채 낡은 런닝구 바람으로
들녘을 나갔을 터이다
팔과 발이 흙 장아찌가 되도록
둑을 다지고 다졌을 터이다

아비가 생존의 바다에 떠밀려 가지 않으려
바둥대는 동안 나는 아로마니 샤넬 넘버 5
혹은 삶과 죽음 영혼과 사랑이니 진실이니 하는

사치스런 생각을 했다

남도의 땅은 어머니의 골이 진 손잔등처럼
푸르고 푸른 슬픔을 지니고
빨치산의 피이든 국군의 혈흔이든
덮으며 덮으며

왕시루봉의 이질풀, 뱀사골의 수달래
사향노루, 하늘다람쥐, 반달가슴곰
껴안으며 껴안으며

천왕봉의 마고 석상은
제석봉의 고사목을 보며 울고 있을까
노고단의 구름 속에 고즈넉한
지리산녀 치맛자락을 잡고 있을까

비가 그치고 안개구름마저 걷히면
나도 연하천 기슭의 이름 모를 야생화로 피어
벽소령에 뜨는 처연한 달을 보며
씹죽씹죽 구르고 싶다

2.

나는 부르리라

붉게 물드는 철쭉으로서
쌍계사 꽃무릇 피면 다시 오는 임으로서
목젖이 터지도록 부르는 메아리로서
혹한을 견디는 구상나무로서
불법 벌채공을 질책하는 제석봉의 고사목으로서

끝끝내 비인 머리끝에 매어달리지 못하고
휑하니 시린 가슴 가운데 콱,
박혀버린 너의 이름으로서

나는 외치리라

바람 부는 날

바람 부는 날
압록으로 기차를 타고 갔다
역사 밖으로
둥근 보리밭이 바람에 넘실거리며 긴 강물을
굽어보고 있었다

구름사다리

조팝나무 울타리가 처진 놀이터
구름사다리를 타고

아이들이
하늘로 올라가고 있다
떼를 지어 올라가고 있다

한 아이는
모랫바닥으로 떨어지고
다른 아이는 두 손을 흔들며
안단테로 웃는다

웃음이 하얀 아이들
조팝나무 꽃잎이
자꾸 얼굴을 기웃거린다

구름사다리를 타야만
도달할 수 있는 하늘이
아이들에게도 있다

뼈대 없는 창살

안면도에 가서 동생들이 해수욕하는 동안 바닷물로 축축해진 모래사장을 본다 여기 뼈대 없는 창살과 격자무늬인지 태극무늬인지 알 수 없는 화려한 창문이 있다 조개껍질을 등에 지고 다니는 게의 어설픈 옆걸음이 만든 눈물겨운 창문 아마도 게의 전직은 목수였나

어린 게들은 조개껍질 따위는 관심도 없고 모랫바닥에 제 몸집만 한 굴을 파놓고 들락날락하며 모래 덩어리를 좁쌀만큼씩 뭉쳐놓는다 저 속에는 필시 신방이 차려있는 게다 신혼 첫날 짓궂은 동네 사람들의 손가락처럼 모래 창호지를 온몸으로 뜯는 엽낭게들 뼈대 없는 창살에 달빛이 비출 때쯤 숨죽이고 서서 모래 속 바다의 교성을 엿들을 것이다

숨 쉬는 무덤

뱀사골 계곡에 불었던 폭풍으로 쓰러져 누운 나무 기둥을 본다 뿌리째 뽑혀 드러누운 나무의 시신을 본다 군데군데 찢긴 몸 사이로 푸른 이끼 식물 자라난다 상처가 아물기도 전 쓰러져 주검이 된 쇠물푸레나무, 썩지 못한 육신을 덮어주는 이 없어 누운 그대로 무덤이 된, 긴 옥토를 뒤덮으며 자라는 이끼 식물이 깊은숨을 들이켤 때마다 무덤이 들썩인다

죽음이 저토록 고귀할 수 있다니! 자신의 몸을 다 내어주고 이제 죽음마저 다른 식물의 자양분이 되는, 뱀사골 계곡을 지나면서 낡고 오래된 경전을 본다 자신을 버리고도 하염없이 자기를 비워 내기만 하는 살아 숨 쉬는 경전을 읽는다

스타카토로 잘린 손목

시루봉 능선을 오르며
흔들리는 단풍잎을 보네
가지 끝에 떨어지지 않으려
안간힘을 쓰는 단풍잎
스타카토로 잘리는 손목을 보네

얼음 칼을 지닌
바람 불어와
기어이 손목을 끊어놓고 마네
피로 흐려진 계곡으로
단풍잎이 스며드네
가재들도 숨죽이는
잠든 수면에서
손목들이
발버둥을 치네

사람들이 몰려와
손목들을 집어 드네
물기를 털어내고
산허리를 돌던

바람이
풍장을 지내주네

손바닥선인장

현무암 돌무더기 무성한 밭두렁에 손바닥을 닮은 선인장이 솟아나 있다 싸늘한 흙의 무게를 견디고 나온 손바닥에서 푸른 손금이 자라났다

애월리 간난 할머니는 물질하러 바다로 떠났다 손등은 전복 껍데기처럼 긁히고 그 긁힌 손등 위로 해초들이 떠다녔다 잠수복에 따라붙는 물때가 무거웠다 통째로 굴러다니는 세상이 보이는 물안경 속의 눈알이 붉었다 손으로 캐낸 전복과 갈고리로 들춰낸 문어의 긴 다리가 망태기 속으로 던져졌다 숨이 가빠질 무렵 할머니는 바닷물 위로 떠올랐다 물질하는 할머니의 손바닥 위로 팔 남매가 자라났다

손바닥선인장이 하늘을 더듬는 동안 할머니는 바닷속 바닥에 푸른 손금이 솟아났다

겨울나무

하늘 한편
해초 속에 떠밀려 오는구려

뿌리는 향그로이 고여 앉아
손 자르며 발 자르며
가지고 있는 것 모두 던져 버리고
알몸으로 서 있고

오직 가난한 마음만을 지녔거니

아무것도 소유하지 않는 자의
빛나는 아름다움이구려

소나무가 키우는 집

언덕배기 양철집 함석지붕을 소낙비가 두드린다
소나무 세 그루 양철집을 감싸고 있다
내리는 비를 타고 찬바람이라도 넙죽 기어들면
갈기갈기 찢어 놓으려고
뾰족한 잎사귀 곧추세우고 있다
소나무 몸통이 갈라 터지고 송진이 흘러나오는 동안
거친 세월이 양철집 잿빛 지붕 위를
솔방울과 솔잎으로 채워놓았다

자꾸 헐렁해지는 대문 문고리와 함석지붕을
어깨가 기울어가는 서까래를
치켜세우며 굵어져 가는 소나무 몸통
소나무가 키우는 집
푸른 철침으로 찬 바람 찢겨 나가게 하는 집
함석지붕 귀퉁이에 고인 오한을
소나무 푸른 그늘로 푸들푸들 익혀가는 집
기울어가는 마음을 굵은 소나무 몸통에 묶어두던 집
대정* 들녘을 바라보며 더 서슬이 퍼런 소나무들
촘촘한 비늘 세우며 푸른 집을 감싼다

* 대정: 조선시대 세 고을이던 제주목, 동북쪽의 정의현과 함께 이곳 남서쪽의 대정현을 일컫는 것으로, 추사 김정희는 제주 대정 유배 생활 중 세한도를 그렸다.

눈이 오는 날엔 쉽게 잠든다

눈이 오는 날엔
하늘 한 기슭 솜깃털로 가득하다
깃털은 날아와 산자락을 품고
하늘과 산자락은 한 지평이 된다
시원을 모르는
꿩의 발자국
솜털이 여린 갓난아이처럼
보송하기만 한데
저만치 밤새 몸살 앓는 듯
장끼 한 마리
깃털을 흩뿌리며 쓰러져 잠든다
그는 꿈을 꾼다
세상은 솜털 같은
그의 날개로 가득하다
정신없이 솜털은 내리고
그의 깃털이 장끼 한 마리를
덮는다
그의 발자국
보송한 새살이
차오른다

눈 오는 날이면 그는 쉽게 잠든다
큰 눈발에 지워지지 않은 발자국은 없다
마음속에 용서할 수 없는 사람은 없다
잊히지 않는 그리움이란 없다
장끼가 하늘을 날을 때마다
그의 깃털처럼
날아드는데
산사 한 귀퉁이 작은 암자 앞
고사목 한 가지 툭 하고
부러져 눈에 박힌다
눈 오늘 날에는 쉽게 잠든다

넷째 마당

삶, 그 고단함에 대하여

夢筆生花*

- 그해 겨울 청소부는 목련꽃이 되고 싶은 빗자루를 가졌다

종일 신경을 세우고 서 있는 것은 나무만이 아니었다
굵은 빗자루도 가끔은 갈비뼈가 부러졌다
새벽길 아내의 잦은 기침을 뒤로하고 강물을 건너왔다
서천이 토해낸 죽은 달들이 떨어져 있었다
거리에는 구겨지고 휘어진 그림자가 쓰러져 있었다
쓰레기 더미 속에서 밟혀도 짓무르지 않는 것들

굴러다니는 모든 것들이 사라지고 나서야
겨우 허리를 펼 수 있었다
태어나자마자 사라지는 입김들
밤새 지구에 불시착한 씨앗들이 숨어들었다는
소문을 들었지만 발견되지 않았다
환한 낮에도 걷고 싶었던 길
아이의 웃음소리가 퍼져나가길 바랐던 가로수 길
하지만 태양은 언제나 반대편을 비추고 있었다
자꾸만 콧물을 잡아당기는 면장갑

모든 어둠을 쓸어내기엔 빗자루는 너무 짧았고
골목은 너무 넓었다
아버지도 그랬지만

뭉툭하고 단단한 빗자루에서는
날개 꺾인 갈매기만 슬피 울었다
삼십 촉 전구 아래 책장을 넘기는
곱아서 더 작아진 아이의 손가락을 기억했다
봄은 멀었어도 빗자루에 대고 삼백 배를 했다
죽을힘을 다해 겨울을 쓸기 시작했다
겨울의 꼬리 같은 은행나무 줄기가
쓸려 들어오는 게 보였다
떠나는 애인의 뒷모습처럼 구겨진 담뱃갑도
빗자루에 걸렸다
빗자루는 조금씩 부풀어 올랐으며
구름처럼 헐거워지고 솜털처럼 가벼워졌다
점점 손놀림이 빨라졌다
떨고 있는 간판의 그림자도 쓸어 주었다
비틀거리는 네온 불빛도 쓸어 주었다
바람이 미처 데려가지 못한 나뭇잎도 가만히 쓸어주었다

줄지어 움을 틔우려고 가쁜 숨을 내쉬는 벚꽃보다 빨리
철길에서 한꺼번에 웃음을 쏟아내는 개나리보다 빨리
빗자루 끝에도 봄이 왔다

드 디 어 꽃이 피었다
아이의 얼굴만큼 동그란
딱 그만큼 하이얀
목련이 피었다

* 몽필생화: 개원유사(開元遺事)의 기록에 의하면 이태백이 잠을 자다가 꿈을 꾸었는데, 자기가 평소에 사용하는 붓 머리에서 꽃이 만발하게 피어나는 것을 보았다고 한다.

신문지 영토

시청역 지하보도를 지나다 신문지를 깔고 누워 있는 두 사람을 보았다 남자와 여자는 서로를 끌어안고 억지 잠이 들어 있었다 지상에는 아직 눈꺼풀을 내리지 않은 밤이 몰려오고, 신문지 이불 밖으로 상한 무청처럼 종아리가 드러나 있었다 빵 봉지와 빈 막걸리 병 서너 개 나뒹굴고 있었다 조문객처럼 동전 몇 개 던져져 있었다 두 사람은 신문지 속 그들만의 영토에 누워있었다 그 끝은 비바람이 몰아치는 천 길 낭떠러지였다 벼랑에서 떨어지지 않으려고 서로 부둥켜안고 그들은 점점 한 몸이 되어가고 있었다 그들의 영토는 한숨 소리에도 팔랑일 정도로 작고 가벼웠다

유채꽃

오조리의 봄날
유채꽃밭 위로
성산일출봉이 떠 있다

무얼 믿고 비행기를 탔던가

유채꽃밭 속에서
죽어버릴 거라고
고백해야 했던가

꽃들의 불안한 전언이
내 눈 속을 파고들어
자꾸 어지러웠다

네가 떠나던 날 밤
물허벅을 잘못 진 것도 아닌데
등짝에서 터져 나온 핏물이 가슴에 고였다

나는 유채꽃을 귀 뒤에 꽂고
산발한 머리채를 바람에 날리며
낭떠러지 위에 서 있었다

거리에서

거리에서
단 한 번도 남을 위해 눈물을
흘려본 적이 없는 것 같은 사람을
보았을 때,
아뿔싸
가슴을 후려치며
살 에이는 바람

쌀알이 내리는 저녁

이른 아침 김 주임은 길고 어두운 우물 속에 갇혔다 용돈 올려달라는 그를 넷째 아이 가져 만삭인 아내는 쌀 항아리에 쌀도 없는데 용돈 타령이냐며 그를 바닥이 보이지 않는 우물 속으로 밀어 넣었다 테니스를 좋아한 그는 테니스 볼처럼 빵이 탱탱한 아내와 결혼하였다 그의 스매싱으로 볼이 길고 남루한 바람의 옆구리를 스쳐 지나듯, 삶의 기차도 터널이나 우물을 벗어나길 바랐다 그럭저럭 사무실 일 끝내고 동료의 술 한잔하자는 유혹을 뿌리친 그, 아는 꽃 가게에 들러 장미 한 송이 외상으로 사들었다 이끼 낀 바윗돌 같은 골목을 지나 도착한 집 현관문을 여니 일찍 퇴근한 아버지 모습에 놀란 아이들 셋, 잰걸음에 달려와 파고든다 두레박을 타고 오르는 물처럼 웃는 그, 어깨 너머 보이는 아파트 창을 비집고 별빛 같은 쌀알이 쏟아져 들어왔다

부화하고 있는 알

대머리 총각이
꽃을 들고 강남역 궁전제과 골목을 어슬렁거리네
몇 분 지나 골목 안에서
진한 와인색 옷을 입은 아가씨가 나오자
밝아지는 눈빛으로 대머리 총각이 다가가네
몇 마디 말도 못 하고
아가씨의 날카로운 목소리 대머리의 어깨 너머로 지나가고
다시 홀로 되었네
없는 머리숲에서 따뜻한 알이 부화하고 있네
언제부터 품었는지 알 수 없지만
언젠가 알이 부화하고 두 날개 하늘 향해 떠오르는 날이면
그 대머리의 반짝이는 알을 소중하게 닦아줄
멋진 애인이 나타날 거네
강남역 궁전제과 골목을 지나면
꽃을 든 대머리 총각 머리 위로 껍질을 깨고 날려는
부화 중인 알이 반짝거리네

갈매기 사내

갈참나무 잎새들이 찬바람에
끼루룩거리는 이른 아침
김 씨는 작업복을 걸치고
출근길에 오른다
결혼한 지 십오 년 웬일인지
아직 아이가 없는 김 씨
그물에 걸린 어린 녀석들은
죄다 놓아준다
월세 단칸방에서 뜨개질하다
잠이 든 그의 아내는
갈매기 같던 몸이
마른 갈참나무 잎새처럼
버석거린다
아내의 눈가에 무거운 세상 그늘을
지우기 바빴던 그의 손가락은
이제 바다에서 도미를 낚아 올리는 일보다
담배를 낚는 일에 더 능숙하다
한밤 그의 아내가 콜록거리며 뒤척일 때면
그는 바닷물에 지친 물 장화를 끌고
양철 문을 살금 열고 들어온다

상록수

여름내 헤집은 상처가 너무 많아서
제 살집 속에 가둘 수 없어
시푸른 누더기 하나 걸쳤구나

턱없는 그녀

턱을 수술한 그녀가
사내 돈으로 턱을 수술한 그녀가
모델을 해 보겠다며 벼르던 그녀가
빌려준 돈을 돌려달라고
사내를 사기죄로 고소한 그녀가
법정에서 눈물을 흘린다

사랑은 투자를 낳고 배신은 소송을 낳는다

사내의 아이를 낳고 싶어 동거했던 그녀가
그 아이를 사내처럼 멋지게 키워 보겠다던 그녀가
아이 대신 눈물을 낳고 있다

네모형 턱이 계란형으로 가는 동안
방아깨비는 흙을 다섯 번씩 갈아엎었고
다섯 개의 해가 뜨고 달이 기울었다

겅둥겅둥, 사내의 주머니는
가벼워질 대로 가벼워져
주머니 속에서 빈손이 후들거렸다

턱을 수술한 그녀가
사내를 다섯 번씩 갈아엎고 모델을 하려 했던 그녀가
가벼워진 사내의 주머니보다
더 텅 빈 자기 머릿속을 들여다볼 줄 모르는
턱없이 모자란 그녀가

동물보호법

시골에 있는 시어머니가 올라오지 않기를
시골의 밭두렁값이 오르기를
가끔 갓 잡은 살진 돼지의 가슴살과 갓 뽑은
푸른 배추로 담근 김치가
아파트 현관 벨을 누르기를 바라지
그런 당신은
마르티스가 꼬리를 흔드는 것만 보아도 넋을 잃지
그 녀석에게 자작나무 오일 샴푸로 목욕시키고
유명 디자이너가 디자인한 레인코트를 입히고
침대에 눕혀 발톱 마사지하며 분홍색을 칠하지
코트킹과 스트리퍼가 좋은 애견센터를 찾느라
차를 끌고 다니며 분주하지
그 녀석이 유카누바를 먹느라 알갱이들을 온 방 안에
어질러 놓아도 당신은 웃음을 쏟아내고
화이트 세미 클래식 옷장을 사다 놓고 강아지 옷을
진열하기 바쁘지
가끔은 청담동 이글루 카페에 가서 강아지 친구들을
소개하고 얘는 내 전부야라고 말하지
새로 산 오렌지 빛 비즈 집게를 머리털에 꽂아주고
머리털을 흔드는 마르티스를 따라서 당신은 허리를

흔들며 춤을 추지
그 녀석을 안을 때마다 당신의 궁둥이는 둥실거리고
차에 태울 때마다 콧노래를 부르지
그런 당신은 그 녀석이 아플 때
요크셔테리어를 유심히 바라보지
동물보호법을 잘 아는 당신이기에

이사

북가좌동 모래내 시장 앞길
작은 용달차가 달린다
이삿짐은 달랑 작은 농 하나와 책상 한 개

강천산 애기단풍

강천산 입구 거북바위를 지나는데 베트남에서 시집온 새색시가 산 중턱에 쭈그리고 앉아있다 뒤로 묶은 머리 찰랑거리고 생채기 난 가느다란 손마디에서 끄덕끄덕 속사정이 새어나온다 가까이 보니 뺨에 따귀 자국 흐엉강에 떠내려가는 단풍잎처럼 붉다 남편 몰래 백만 원을 친정에 보내다가 들통이 나서 죽을 만큼 맞았다는데, 그 돈도 새색시가 식당가서 조금씩 벌어 모은 돈이라는데, 단풍잎을 싣고 떠내려가는 흐엉강*이 흐엉흐엉 운다 티엔무 사원에서 범종 소리가 울릴 때 어머니는 연꽃 위에 촛불을 띄워 딸애의 평안을 기원한다 허공에서 실타래를 한꺼번에 놓아버리듯 폭포수로 폭포수로 떨어져 계곡으로 흘러가려고 하는 단풍잎,

제발 떼어내리지 말아라 산새들도 몸에 멍든 시간을 지니고 있단다 담양호에도 그리움으로 울렁이는 지붕들이 있단다 손바닥 자국보다 더 벌겋게 우는 새색시 울음소리가 온 산을 물들이는데

* 흐엉강: 베트남 중부 투아 티엔 후에에 있는 강 이름

곱사등이

콤바인에 걸려
오른손 신경이 끊어진
산동골 최 씨
면사포를 쓸 딸을 생각하며
흰 면장갑을 사두었지만
결혼식을 보기도 전에
면장갑을 끼고 사는 신세가 되었다
곱사등이 손 때문에
나락을 벨 때마다
낫이 자꾸 미끄러졌다
헛낫질에 나락 밑동이 거칠게 끊어졌다
나락 포기들이 헝클어진 채 쓰러졌다
면장갑 속에서
곱사등이 오른손이 울었다

도시와 도시인

도시는
잘 모르는 물고기의 이름을 외우는 것처럼
낯설다

도시인의 미소는
가시가 돋은 채
남들 뒤에 몰래 숨어서
속 시원히 웃지 못한다

도시는
그로테스크한
엉겅퀴꽃이다

시를 쓰는 것

나는 본다
함빡 웃는 꽃과 나비와 바람과
푸른 청보리에 까실히 맺힌 이슬과
어린아이의 미소와 열린 세상까지를

나는 듣는다
둥지를 트는 까치 소리
토란 잎에 구르는 물방울 소리
캠퍼스에서 동동주 흠뻑 젖은 네가
달빛에 쏟아낸 취한 소리까지를

나는 느낀다
전라도 어느 눈물겨운 땅
가뭄으로 쩍 갈라진
주름진 땅 바라보는
농부의 한숨과
새벽부터 목이 쉬는 아낙의
허리춤에 찬 그 가난한 주머니를

그러나 나는

너를 부르지 못한다
이 시대 이 어둠 이 안개 이 그리움
칼집 해어지게 하는 칼날처럼
밤새도록 청기와 후드득 떨어지는 빗방울처럼

그것이 바로 내가 시를 쓰는
이유인 것을

다섯째 마당

사투리, 유머를 넘어 관능으로 꽃피다

늦겨울

느그들은 나 죽기 전에 시집들 안 갈래 요새 아그들은 참말로 애인도 잘 사귀드만 느그들은 여태 뭐 했냐 저 시랭이 마을 사는 끝자는 아들을 셋이나 낳고도 그 머이메와 끝내뿔고 딴 서방을 꿰차고서 딸 하나를 낳아서 알콩달콩 잘도 키우고 살드그만 느그들은 여태 뭐 했냐 넘들은 시방 손주를 장개보낸다고 청첩장을 뿌리고 난린디 나는 딸 셋 중 하나도 못 치워서 복장이 터져뿔것다 참말로, 근디 시방 어디여, 여즉 사무실이라고, 그놈에 사무실은 매미맹키로 붙어서 끄륵끄륵 일만 해싸면 무슨 똑바라진 사내자식 하나 엮어준다디 인제 그만 일을 끝내뿔고 싸게싸게 나와서 술 한잔 먹어제끼고 맘에 든 사내가 있거던 거그서 그냥 모른 척 자빠져 뻐러 지도 사람인디 나 몰라라 하것냐 뽀뽀는 안 허더라도 업어다 이불에는 눕히지 않겄냐 그렇게 갈켜 줘싸도 그노메 좋은 머리는 어따가 쓰는 겨 초등핵교도 안 댕긴 명옥이도 남재 만나서 잘만 살더그만 대학까정 나온 느그들은 여태 뭐 했냐 잔소리라 생각허들 말고 퍼뜩 정신 차려 시간이 없당께 고놈이 고놈잉께 인제 고만 고르고 화딱 소매를 끌던지 바짓가랑이를 잡아댕기든지 하랑께 술 몽땅 묵고 자빠져 뻐러 고것이 최고여 그라고 나중 지가 안 그러고 고놈의 술땜시 그랗게 되야부렀서야 하면 그만이랑께

촌닭

느그들이 시방 날 잘 몰르고 촌닭이라고 해쌌는디 촌닭이 월매나 좋은지 몰라서 그려 평상 도시서 살아본 놈들이 뭘 알간디 아먼 촌닭 맛은 먹어 본 사람이나 알제 고 힘줄 많은 가느다란 다리가 일품이랑께 때깔부텀 달라쁘러 거기 허벅지 좀 만져봐 딴딴허지? 살이 희멀떡하고 힘없는 도시년들과는 번지수가 다르당께 아, 거기 거시기 맛 좀 봐봐 쫄깃쫄깃허고 쫀득쫀득허니 콱 쪼여버리는 게 촌닭의 참맛이여 맛 안 보면 모른당께 촌닭은 참말로 자유부인이랑께 한마디로 지멋대로제 천지 사방팔방 맘대로 날아다녀 쁘러 담장이면 담장, 포도나무 아래면 포도나무 아래, 어쩔 땐 똥개 머리를 주둥이로 콱 한번 찍어주고 지붕 위로 날아올라 쁘러 촌닭이 말이시 겉으론 순진한 대가리로 멍청한 듯 눈만 꿈벅꿈벅 해싸며 당장지 몸뚱이 다 줄듯이 보여도 그것이 아녀! 뜨거운 물에 첨벙 빠져 날개 깃털 하나하나 다 빠져도 닭 잡는 사내가 막상 댐비면 발가벗겨진 채로 파드득 도망쳐 뻰지는 게 촌닭이랑께 그 매력에 사내는 지 깨당 벗겨진 줄도 모르고 침 흘리며 쫓아다닌당께

장호원 복숭아

작년 요맘때쯤일겨 배부른 달이 밤늦게 산책을 나오곤 했을 때니께유 추석 명절을 시골서 쇠려고 고속버스를 타고 가는디유 우연찮게 초등핵교 동창 영철이가 옆자리에 탔구먼유 가도 가도 차는 맥히고 갈 길은 한이 없는디유 영철이 놈이 너 참 이뻐졌다고 안부를 묻고 이냥저냥 지난 야그를 하도 재밌게 해싸서 그런대로 잘 가고 있었는디유 대차나 물을 잘못 마셨뿐 건지 갑자기 아래가 급해가꼬 차를 세웠지 뭐유 그라고 어짤 수 없이 어두운 숲속으로 허적허적 들어가 한참을 쭈그려 앉았는디유 갑자기 뜨거운 시선이 느껴지는 거여유 음흉한 달빛이 내 뒤쪽 어딘가를 뚫어져라 쳐다보고 있겄지 생각허고 올려다봤지유 그란디 아이고마, 언제 따라왔는지 영철이 그놈이 날 훔쳐보며 헤죽거리고 서 있는 거여유 아따 고 엉덩이 토실토실한 게 잘 익어서 절로 벌어진 장호원 복숭아 같혀 하고 헛소리를 하드만유 그담부터 시골 동네서 나만 보면 장호원 복숭아라고 놀려대잖아유 내참 동네 창피해서 못 다니것어유 환장하것어유 그 나쁜 놈, 다 큰 큰애기 엉덩이를 가지고 놀리는 놈, 숲속 위 밤하늘에서 허벌나게 좋아 죽는 보름달처럼 헤죽거리는 뺀질한 주둥이를 가진 놈, 어떡해야 그놈 입막음을 한다요 추석은 또 돌아오는디유

수락폭포* 셋째 마당

느그 아부지가 하늘나라 감시롱 내 귓속에 수락폭포를 넣어두고 갔나 부다야 항시 폭포소리가 들려뿌러야 대나무 줄기 맹키로 딴딴한 고것이 내 몸속을 쑤시고 다녀야 아픈 데마다 시원허게 뚜드리는 것도 같은데 여름날 장마가 금방 지나간 물살맹키로 엄청나게 가슴을 떠나 밀어뿌러야 큰 물소리가 내 귓청을 뚜뜨려서 온몸이 무거운 매를 맞는 것 같기도 흔디 어째코롬 그란지 모르겠는디 아무튼 먼 디 사는 자식들보다 내 맴속에 있는 서방이 낫은건지 혼자 살먼서도 맨날 느그 아부지 꿈만 꾼다야 귀 안에 폭포 소리가 가득헝께 순자 어매가 날 불러도 먼 소린지 통 들리지 않는다야 살아있을 적에 사랑한다 말 한마디 못 허던 느그 아버지가 할 말이 너무 많응께 한꺼번에 나를 부른갑다야, 그게 이 폭포 소리여!

* 수락폭포: 전남 구례군에 있는 폭포 이름

젖꼭지

아가, 시방 니가 몇 살이제
마흔 하고 둘이어유
오매 싸개라, 벌써 그렇코롬 되뿌렀냐
저어기, 몬당에 가면 용한 점쟁이 있다는디
나랑 같이 가보끄나
여태 혼자라서 어쩐다냐
시장터 순천댁 할머니가
소매를 잡아끈다

젊은 날에 청상과부되어 장터에서 술을 팔아온 사람
자신의 외로움도 들기 힘들어 막걸리 잔에 빠뜨렸던 사람
머리 꼭지를 감꼭지처럼 또아리 틀어 비녀를 얹은 채
평생을 산 사람

그녀가 내 홀로 있음을 걱정한다
짚신도 짝이있겄지예
점까정 볼 껀 아니지유

아직은 급한 일은 아니라고 딱 잡아떼고
돌아오는 집 앞 마당

젖꼭지 닮은 작은 감이 떨어져 있다
감꼭지 밑 파인 홈에 그림자가 지고 있다
작은 감이 앉은 자리까지 빠져서 뒹굴고 있다
갑자기 내 젖가슴이 아파왔다

카페 라 캄파넬라

큐빅이 박힌 하이힐을 신고 표범 무늬 미니스커트에 엉덩이를 걸친 女子 살갗이 슬쩍 보이는 반라의 시스루를 두르고 알 듯 모를 듯 미소를 흘리며 서 있는 女子 얇고 가느다란 시선만 던져도 울퉁불퉁 심장이 뜨거운 사내들이 침 삼키며 눈독을 들이는 女子 뒤로 다가가 허리를 덥석 안아 버릴까 얇은 시스루를 확 벗겨 버릴까 이런, 그 女子의 입술에서 따뜻한 영혼이 실핏줄처럼 퍼져 나가게 돌려 버릴까 젠장, 숨 막히게 맑은 투명한 에스라인 허리를 손가락 끝으로 간질여 볼까 혀끝으로 꼭지가 짓무르도록 핥아 볼까 아아, 女子의 입속으로 바람을 불어넣는다면 배가 부풀어 오를까 아니면 스커트가 벌렁거릴까 사내들이 동공이 커진 눈동자를 번뜩이며 다가온다 이런, 스커트 밑으로 밀고 들어오는 이 부드러움은 무엇인가 이봐, 눈 큰 겁쟁이, 축제 준비는 다 됐니? 자, 그럼 실컷 만져 봐, 뇌쇄적인 女子의 몸매, 이런 와인 잔은 아마 처음일걸?

오이도 조개구이집 여자

소주잔을 나르던 여자가 입가에 몇 겹의 파도를 흘린다 양은 냄비 밖으로 빠져나오려고 달그락거리는 조갯살들 조개를 쟁반 가득 담아내던 그녀는 칼로 채를 썬다 다시마 뺀질한 등줄기처럼 미끄러져 나간 서방 홀로 새는 밤이 싫어 텅 빈 방꽃 벽지를 손톱 끝으로 북북 긁고 아랫목에 달궈진 몸을 홑이불 모시 바람으로 식히며 바둥댔던 날들, 그녀는 슬픈 기억을 도려내려는 듯 날 선 칼끝으로 가리비살을 후벼파고 있다 소주 열 잔에 희롱을 거는 사내들의 손가락을 눈빛으로 밀친다 흘겨보는 그녀의 눈동자 속에 등대가 섰다

홀로 새우는 밤

냉장고 문을 열었다 닫는 동안 어느새 겨울이 반이나 지나갔다 취한 사내를 끌고 온 구두가 냉장고 옆에 내팽개쳐져 있다 김빠진 맥주가 파우더 냄새를 풍긴다 출출한 담배 연기가 새어 나온다 사내의 낡은 목소리가 샐러드 드레싱처럼 새콤한 유혹을 부른다 푸들푸들한 열무 줄기와 나체춤을 추는 사내 오그라든 호두알을 만지는 사내는 종아리가 무말랭이처럼 말라 있다 사내는 물기 촉촉한 슬라이스 파인애플 침대에 드러누워 묘한 체위로 캔맥주를 딴다 이윽고 누런 머스터드소스가 섞인 정액 냄새가 솟구쳐 나온다 겨울이 반이나 지나가는 동안 나는 홀로 냉장고 문을 열었다 닫는다 냉장고 속에는 한겨울이 다 지나도록 아직 얼지 않은 추억들이 사내의 곧은 등줄기처럼 펼쳐져 있다 취한 사내를 끌고 온 구두는 아직도 거실에 내팽개쳐져 있고

그는 뱀이었다

헤어샵에 갔다 난 한 명의 헤어디자이너를 골랐다 내가 그를 고른 건 단지 사내였기 때문이다 한 시간을 기다렸다 겨우 의자에 앉자 셋팅 펌을 주문하고 나는 수수꽃다리 향기를 부르는 봄바람을 상상하며 부드러운 손길을 기대했다 필요에 따라 사내의 손길이 부드럽기도 하니까 그는 우악스럽게 내 머리채를 잡더니 문질러보고 흥 독기가 하나도 없군 이 바닥에서 살아남으려면 독기를 품어야 해 하며 박수를 쳤다 살모사 서른 마리가 갑자기 몰려왔다 서너 마리는 내 머리 가운데 부분으로 나머지는 절반씩 나뉘어서 양쪽 머리에 달라붙었다 그중에 한 마리의 독한 혀가 내 눈을 찌르자 나는 쓰러졌다 오~ 베이비 흐린 눈을 비비며 나는 얼마 후 깨어났다 좀 더 오기를 기르세요 살모사들이 사라지며 마지막 말을 내게 던졌다

말복, 그 응큼한

나락이 모과 향을 품으며 익어간다 푸르름이 조금씩 빠져나간다 계곡에서 불어오는 바람에 물처럼 흔들거린다 참깨 하얀 꽃잎이 구름처럼 떼를 지어 몰려가고 오곤 한다 점순 아줌마 마실 가서 수다를 떠는 건지 호미를 잊은 지 오래다 이랑 긴 고추밭에 웬 바알간 것이 아랫도리를 앙큼스레 벌린다 슬금슬금 달궈진 햇볕이 빨랫줄에 걸쳐놓은 점순 아줌마 치맛자락처럼 들썩인다 엉금엉금한 그녀의 몸에서도 잘 익은 모과 냄새가 물씬하곤 했다 말복이다 씨암탉의 궁둥이가 태양처럼 탱실탱실 익어가는

여명

한 여자가 옷을 벗네
피카소의 그림 속에서 본 듯한 야위고
희끄무레한 얼굴의 여자가
허리끈을 풀어 치마를 벗네
그녀의 다리는 너무 희고 가벼워서
낮은 강물 위 물보라도 일으키지 못하고
하얀 미소만 물결 위에 뿌리며 사라지네
초점이 흐린 젖꼭지를 가진 여자가
가슴을 풀어 헤치네
밤새 어둠에 갇혀있던 푸른 산봉우리들이
봉긋한 가슴 위로 솟아나네
피카소의 그림 속에서나 보았던 그 여자
바쁜 듯 잰걸음으로 달려가다 돌아보며 웃는
그 여자
배시시 흘린 웃음소리가
마른 허공에 습기 머금은 비눗방울처럼
날아오르네

빗방울 랩소디

이십 층 빌딩 창문에 부딪히는
빗방울 소리를 듣는다
클라리넷 가냘픈 소리를 듣는다
거쉰의 〈랩소디 인 블루〉가 흐르고 있다
선글라스를 낀 채
빗줄기를 바라보는 여자
저랑 블루스 출래요
제 어깨에 손을 얹어봐요
빗방울이 속삭인다
도시는 온통 블루로 가득해요
당신의 눈동자도 블루
당신의 가슴도 블루
당신의 사랑도 블루
블루퀴라소 한 잔 어때요
그녀를 유혹하는 빗방울 랩소디

싱가폴 슬링 한잔하실래요?

싱가폴 슬링 한잔하실래요?
날은 저물고 무대는 적당히 으슥하죠
음악은…… 뭐, 썩 마음에 들진 않지만
산호 버클을 한 바텐더가 쉐이커를 흔들며 춤을 추어요
칵테일 잔을 쌓아놓고 마구 불을 지르네요
어머, 불기둥이 당신 가슴에 닿을 듯해요
오늘 하루는 참 어이없이 지나갔어요
몇 마디 말과 어눌한 몸짓 그게 전부지요
한강에 투망을 던지더라도
오늘 나만큼 헛손질은 안 할 거예요
당신 뺨에 올라앉은 체리브랜디가 멋져요
그라나딘 한두 방울 뿌려줄래요
외로움 한 스푼만 넣고 돌려줄래요
어머, 간만에 핑크빛 하이힐을 신고 있군요
관록이 그다지 많은 것 같진 않지만
오늘 같은 밤엔 그 정도로 만족해야겠지요
어때요, 싱가폴 슬링 한잔하실래요?
그저 가볍게 한 잔
뭐, 굳이 사양한다면 말리진 않을게요

길을 끌고 가는 젊은 마라토너

근육이 물결을 이루는 허벅지가 좋아

미영꽃나무가 목 늘여 물 건너를 바라본다
물결처럼 흔들리는 허벅지를 가진 사내가
체온을 잘라내며 달려간다

미영꽃나무가 솜털을 뉘어 소름을 덮는다
수녀복 속 눈동자가 로사리오 묵주처럼 빛난다

내 몸에도 영혼을 뛰게 할 근육이 자라나고 있을까

사내 다리를 훔쳐본 순간 내게 향낭이 착상되었다
다섯 번째 태어난 향기로 사내를 부른다
사내는 향기의 출처를 몰라 멈추지 않고,

내 몸 달궈져, 붉은 꽃 온도를 빌려 사내와 넘어지면,
여름이라 불리는 아이가 몰래몰래 태어나리

이제 물 건너로 뛰어넘어 가 볼까
그 사내 허벅지에 빌붙어 볼까

길 위에 떨어진 사내의 땀을 지워 볼까
그의 영토에서 배경을 지워 볼까

미루나무가 헐떡이는 숨을 고른다
길이 밑둥치 속으로 끌려들어 가 한밤을 난다

미영꽃나무가 피니시 라인을 통과하고 있다

딱 문고판 크기의 조그만 사내와 살고 있다

아주 조그만 사내를 꺼낸다
허리띠를 빼내고 셔츠 위 단추 두 개를 풀었다
목덜미를 혀끝으로 간질이자
사내가 눈을 스르르 감는다
세 개의 단추를 마저 풀고 손끝으로
털이 수북한 가슴을 슬쩍 누르자
늑연골을 갓 빠져나온 오디세우스가
친구가 좋아? 애인이 좋아? 하고 묻는다
벗긴 셔츠를 뱀처럼 감아 던지자 흉골에서
파리스가 튕겨 나와 블론드 머리를 흔들고
초콜릿 복근을 드러냈다 숨겼다 하며
자기의 애인이 되어 달라고 코맹맹이 소리를 한다
그 모습에 반한 나도 엉겁결에
코맹맹이 소리를 따라 하는데
양쪽으로 나뉜 군인들이 척추를 따라 내려오며
빨리 아래로 결전장에 가야 한다고 우르르 쾅쾅 몰려온다
디오메데스의 무공을 빌려 창을 던지듯 가볍게
뱀 허물 벗기듯 매끄럽게 바지를 벗긴다
뭐니 뭐니 해도 무공이 제일 센 사내가
날 차지할 자격이 있지

숱한 창과 방패가 부딪치며 하지대가 흔들거린다
어쩜, 장골릉 낭떠러지에서 수줍은 목소리로
헥토르에게 프러포즈를!
대답을 듣지 못한 채 수북한 수풀에 빠진 나는
그만 사내의 미골과 치골 사이에서 길을 잃고 만다
정신을 차리고 사내의 엉덩이 위 언덕을 깨물자
천골에서 튀어나온 아킬레우스가
광배근, 외복사근을 자랑하더니
세상은 모두 자기 것이니 자기에게 오라고 한다
아킬레스건만 빼고 온 세상을 다 주마
가엾은 헥토르는 끈 떨어진 가오리연 같더니
아킬레우스의 무공에 밀려 납작하게 짓밟히고 만다
조금만 더, 조금만 더……
거칠고 강한 것을 찾는 나의 둥근 눈빛은
은밀히 내보이는 발랑발랑하고 호벅진 창끝에 꽂힌다
핸드백에서 문고판 『일리아드』를 꺼낸다
딱 문고판 크기의 조그만 사내와 살고 싶다

여섯째 마당

살며 일하며

남쪽의 집수리*

전화로 통화하는 내내
꽃 핀 산수유 가지가 지지직거렸다
그때 산수유나무에는 기간을 나가는 세입자가 있다
얼어있던 날씨의 아랫목을 찾아다니는 삼월,
나비와 귀뚜라미를 놓고 망설인다

봄날의 아랫목은 두 폭의 날개가 있고
가을날의 아랫목은 두 개의 안테나와 청기聽器가 있다
뱀을 방 안에 까는 것은 어떠냐고
수리업자는 나뭇가지를 들추고 물어왔지만
갈라진 한여름 꿈은 꾸고 싶지 않다고 거절했다

오고 가는 말들에 시차가 있다
그 사이 표준 온도 차는 5도쯤 북상해 있다
천둥과 번개 사이의 간극,
스며든 빗물과 곰팡이의 벽화가
문짝을 7도쯤 비틀어지게 한다

북상하는 꽃 소식으로 견적서를 쓰고
문 열려있는 기간으로 송금을 하기로 한다

꽃들의 시차가 매실 속으로 이를 악물고 든다
중부지방의 방식으로 남쪽의 집수리를 부탁하고 보니
내가 들어가 살 집이 아니었다
종료 버튼을 누르면서 계약이 성립된다
산수유 꽃나무가 화르르
허물어지고 있을 것이다

* 남쪽의 집수리: 2020년 매일신문 신춘문예 당선작. 필명 최선으로 발표

책상은 주름을 양육한다

서랍을 열면
철거에 관한 판례가 사내의 손을 놓지 않으려 한다
객관식 답안 중 끝끝내 선택받지 못한 구름과 모자는
눈물을 흘린다
책가방을 메고 찬 언덕을 넘어왔던 봄은
새벽별과 함께 희미해진다

부릅뜬 법전을 펴고
답안을 작성하는 스탠드의 결심은 견고하다
두 평 반의 각오가 헐은 벽에
새로운 표정으로 달라붙었다
하숙 밥을 먹으러 가는 계단 머리에도
민법 목차가 회전목마처럼 내달리고
깡마른 체구마다 소명召命의 고삐는 봄바람으로 불고
토성과 천왕성까지 거리를 잰다

그는 두 평 반 속의 가방 속에서 살았다

그의 가방에서 목련 꽃잎이 시들시들 떨어져 내렸다
세상, 바람이 없으면 꽃들은 부풀지 못한다

수없이 낭비한 밑줄들이 어느새 그의 이마로 옮겨왔는지
놓친 오답들이 양육해 온 주름이
봄, 빈 나뭇가지로 흔들린다

이삿짐 상자에 그가 키운 주름을 옮긴다
그가 낮술을 부어 제 수평을 잡는다
빈자리 앞에 놓은 술잔이 기우뚱거린다
그가 혼잣말을 부어 균형을 맞춘다

그간을 작별하는 왼손과 이삿짐의 무게는
대차 평균의 원리를 벗어나지 못한다

책상에 남아있는 그의 얼굴을 닦는다
그가 손을 흔들어 제 뒷모습으로 지운다
윤이 난 책상 위에 신참의 얼굴 하나 살아난다
두 눈이 양팔 저울처럼 놓여있다

잠자리는 제 앉았던 자리로 반드시 돌아오지!

신참은 제 얼굴에서 첫 눈치를 발견한다
책상은 언제든지 주름진 얼굴을 배웅할 각오다

객관식 요일과 주관식 주말

객관식 요일엔 거리에서 망고 또는 자몽을 고른다 물 맑은 사내와 불타오르는 사내 중 누구를 만날 것인지 고민하고 선택한 사내에게 앵무새를 보내야 할지 주머니 전용 시계를 선물할지 꼬마들이 눈썰매를 타고 비탈길을 내려가는 속도와 뚱뚱한 귀신들이 뒷산을 넘어가는 속도 중 누가 더 빠른지 떠올린다

주관식 주말엔 자전거 바퀴가 두 개가 지나가는 골목에 엉덩이가 반죽처럼 부푼다 눈 녹은 시간들이 이스트에 발효되어 말랑거린다 회전하는 바퀴 사이로 늦겨울 풍경들이 새어나간다 동그라미와 엑스 표를 배낭에 넣고 괄호의 지명으로 여행을 간다 바람의 노선을 머리카락들이 알아챈다 가끔 자물쇠로 잠겨있는 길을 만난다

괄호 안에서 피어나는 장미와 쓸모없는 열매를 본다

가끔 괄호는 과로가 된다 스웨터를 털어서 다이아몬드 무늬를 빼낸다 꺾쇠괄호는 갇히는 것이 많아 쓸모가 많다 나뭇가지에 방패연 편지가 걸린다 달이 떨어지는 모양으로 좌절의 기호가 생겨나고 너의 거짓말은 눈썹 하나를 더 붙이는

것, 한쪽 방향으로만 가는 바람들은 왼손잡이의 애인일 경우
가 많았다

어느 날 당신의 삶이 경매된다면

어느 날 당신의 삶이 경매된다면
당신은 파리한 얼굴로 의자에 앉아 있을 거다
한 곳이라도 더 걷게 해달라고
한 달이라도 더 살게 해달라고
한 번이라도 더 사랑하게 해달라고
경매법정에 앉아 집을 사고팔았던 사람들과
거기서 세 들어 살던 사람들을 본다
왁스 대신 가구에 눈물을 발랐던,
강화마루 대신 거실에 웃음을 깔고
동전 몇 개 잃어버린 아이를 혼내기도 했을 저들
이제는 지푸라기라도 건질 심산으로
눈을 부라리며 법정 안을 서성거리고 있다
만약 어느 날 당신의 삶이 경매된다면
그때 당신은 콧노래를 부르며 가구의 먼지를 닦는 일이
소중한지를 알게 되리라
한 번이라도 유리창을 닦게 해달라고
한 번이라도 저녁상을 차리게 해달라고
한 번이라도 더 깊이 사랑하게 해달라고
애원하는 당신의 눈빛 아래서
햇살이 비껴간 의자가 더욱 어두워질 것이다

땡볕 법정

나는 당신의 마음을 홀린 죄로 땡볕 법정에 불려 나와 재판을 받게 되었으니 그리움을 방사한 죄가 크다 이에 법정구속을 명한다 청포도 푸른 그늘에 남아있는 키스 자국에 대한 증거인멸의 우려가 있고, 당신을 향한 나의 마음이 다른 이에게 도주할 우려가 있기에 오늘 이 시간부터 나를 추억 속에 감금하니 내가 가야 할 장소는 후박나무가 내려다보이는 당신의 창문이다 넓은 잎사귀 갈피마다 채워진 당신이란 책장을 넘기며 나는, 사랑이란 누구를 홀리는 것이 아니라 진정 사랑하는 이를 위해 미소를 머금는 것임을 알 때까지 나는, 당신이란 글자의 행간 사이로 쏟아져 들어오는 땡볕에 속절없이 무너지고 또 무너지고

네모난 겨울

- 법원 사무실에서 바라본 풍경

육법전서 너머로 보이는 거리에는 실어증에 걸린 사람들로 북적인다 한 장 남은 달력 위로 다급하게 달려드는 발자국 밑으로 마른 햇볕이 끼어든다 오후 네 시의 아찔한 구멍 속으로 비둘기들이 들락거린다 법원 입구 플라스틱 화분에 담긴 툰드라 꽃배추가 미색의 소환장을 던진다 덜컹 내려앉는 사람들의 놀란 가슴을 짓누르는 판결문 낭독 소리 판결문은 양자 누구에게도 위로가 되지 못한다 돌아서는 고소인의 뒷모습과 구속된 피고인의 뒷모습은 동전의 양면처럼 닮아있다 완벽한 증거들로 가득 찬 네모난 형사공판조서 속에서 각진 얼굴들이 빠져나오려고 아우성이다 법원 사무실에서 바라본 풍경 속에서 태극기는 여전히 높이높이 바람에 펄럭인다

개명

해가 개명신청을 하러 왔다. 이유를 물어보니 친구들이 해, 안해, 해, 안해, 해, 안해, 하고 놀린다는 것이다 가족관계증명서를 보니 완벽한 싱글이었고, 주민등록 또한 정확히 한곳에 있었다 우주시 은하구 태양동 산1번지 범죄경력조회를 보니 심히 우려할 정도가 아니었다 문제는 그가 별로 개명하고 싶다는 거였다 해를 별로 부른다면 어떻게 될까?

별도 개명신청을 하러 달과 함께 왔다 둘 다 개명하고 싶다는데, 별은 별 볼 일 없다는 말이 싫어서라고 했다 달은 모두 자기 탓을 한다고 해서, 절도범이나 강도범도 심지어 키스 초범조차도 달빛이 요요한 탓에 저질러진 일이라고 달에게 책임을 전가한다는 것이다

문제는 이 둘은 범죄경력조회를 보니 경력이 화려하다는 것이다 가장 기본적인 죄는 눈망울 속에 빠져들어 가 마음을 홀린 죄요, 밤새도록 어깨를 기댄 죄, 아무 이유 없이 정류장의 유리창을 깨부수는 것을 방조한 죄, 식칼을 들고 복권당첨금을 노리게 교사한 죄 등 허다하니, 이들 또한 개명해 주어야 할 것인가? 해주지 않으면 밤새도록 농성할 것이 분명하고, 해주자니 많은 사물이 혼란을 겪을 것이 분명하니, 이것, 참, 참….

고문장

초대장을 받는 날은 어김없이 왼쪽 무릎이 시려오지 오늘도 사무실 후배 계집애 현대 컨벤션 웨딩홀에서 둘째 아이 돌잔치를 한다고, 서른아홉 아직 혼자인 내게 고문에 해당하는 초대장을 툭, 던진다 때깔 고운 한복을 입은 사내아이를 생각한다 그 계집애의 아이가 그 아이의 아빠를 닮았는지 사무실의 김 과장을 닮았는지는 알 수 없지만 나는 왠지 무릎이 시려와 김 과장은 전에 내게 눈길 한번 안 주었거든 돌잔치 초대장을 받은 날은 왠지 무릎이 시려와 차가운 눈길만 가득한 무릎 사이로 바람이 불어

원 안과 밖의 사람

남에 의해 평가되는
원 안의 나는
가끔은
나의 원 밖에 있다

남이 그린 원 밖의 사람인
나는
간혹
내가 그린 원 안에서
서 있다

뫼비우스 월요일

김 과장은 월요일 아침부터 잔소리를 늘어놓는다
윗선에서 내려오는 말이라는 대꾸할 수도 없다
할 일은 산더미인데 골치만 찌룽찌룽 아프다
이럴 땐 신경안정제를 먹은 환자처럼 내게 마취를 건다
잠을 잘 지어다 빠롱, 꿈을 꿀 지어다 빠빠롱,
나는 내가 아닐 지어다 빠롱 빠롱,
나는 몽골의 초원을 달리는 한 마리 빠롱말이 되어
무거운 갈기를 허공에 들린다
하늘바다에 대고 흔든다 나는 점점 가벼워진다

우포늪에서 겨울 휴가를 보냈다는 검은 독수리
웬, 날것이 왔나
눈이 동그래진다
갑자기
퍽,
날아오는 회초리
왼쪽 목뒤가 아프다

근무시간에 목돌리기 하냐
그렇게 한가하냐

쌍심지를 켜고 쏘아 보는 김 과장
에고,
오늘은 월요일
홉스골 호수*로
빠랑말 한 마리 뒤집혀
허공에 발대고 노 젓는
뫼비우스 월요일

* 홉스골 호수: 몽골의 울란바토르 북쪽에 있는 호수 이름

일곱째 마당

이별, 예술로 승화하다

옮긴 이

한 뭉치 양털에서 실이
실패에 감기는 것을 본다
작년의 나뭇가지에서
올해로 꽃송이로 옮기는 여름
내 이름을, 내 별명과 말투를
이곳까지 옮겨온 이는 누구인가
나무와 나무는 새들을 옮기고
긴 둑은 강물을 옮기고
시클라멘이 작은 창을 옮기고
아이는 엄마를 옮기고 산이 우공을 옮기고
어린 왕자의 장미가
별들을 불러 옮긴다

아무도 모르게, 당연하게
곳곳을 옮기는 존재들
조로서도鳥路鼠道를 넘어
산의 이쪽과 산의 저쪽을 옮기듯
낙타의 주인으로 한 생을 살듯
옮기는 이들이 있다

그림자가 옮겨온 몸에서 해가 지고
비등점을 넘은 글자들이
포플러나무 위를 뛰어다닌다
넝쿨을 해석해
번역체로 옮겨온 책을 읽는다
세상을 옮기고 옮기는 이들이
맨 앞장이나 뒷장에
꼭 있다

장화

벗어놓은 장화 속에
빗물이 고였다
어느 나라의 지도로도 변신한 적이 있는
장화는 우기의 용도지만
아프리카의 어느 사막 마을에선
강수량을 재는 도구로도 쓰인다

장화는 물을 걸을 수 있는 신발이다
물의 다양한 깊이들이
활기차게 발목을 재는 혹은
진흙탕들처럼 빛나게

동물은 흰 발목과 검은 발목을 지닌 천연 장화를 신고 있다
비가 오지 않는 날에는 괴물의 장신구로도 변하거나
고양이의 자비로운 훈장이 되기도 한다
사막여우는 사막모랫빛 장화를 신고
황새는 큰나무붉은빛 장화를 신고
개구리는 퐁당퐁당 소리가 나는 장화를 신는다

기우제를 지낼 때 장화는 필수적인 요소다

너의 장화는 나의 지팡이보다 더 멋지다

장화의 내계가 우화한다
나는 고양이의 애인이었던 장화를 알고 있다

붙박이 여자

붙박이 장롱문을 열면 젊은 그 여자 까만 원피스 하얀 코사지 달고 까치처럼 날아올라요 들판은 푸르고 산허리를 도는 바람이 느리게 지저귀며 하늘 속 구름 그 간지러운 웃음을 타고 푸른 잎사귀들이 장롱 안으로 들어와요 오랫동안 푸른 향기에 취해 있었어요 어디론가 가야겠다는 생각 안 해봤어요 세월은 산골의 오일장 뻥튀기 기계 앞 까맣게 모이던 조무래기처럼 그렇게 쉽게 모이거나 사라져갔어요 누군가 그랬어요 까치 등의 하얀 훈장을 가지려 한다면 수없이 닦아내고 털어내야 한다고 난 털어내는데도 익숙지 못해요 모으는 것만 해도 힘이 벅찬걸요 그래서 하얀 훈장을 지키지 못했어요 내 몸은 어느새 까마귀가 되었어요 조무래기들이 수없이 모였다 흩어질 때까지 난 이 모습 그대로 벽에 박혀있었어요 이봐요 이제 모으는 것도 지겨워요 날 좀 꺼내줄래요 이제 훈장 같은 거 바라지 않을께요 여기서 나가게만 해줘요

빗살무늬 햇살

프라자 호텔 일층 커피숍에서
빗살무늬 토기와 선을 보았다
진흙 바탕에 활석 부스러기가
흘러내리는
천이백 도의 고열에 구워진 피부
이마에 가득한 빗살무늬
생선 뼈처럼 잘 발라져 있다
햇살이 비칠 때마다
빗살무늬 홈을 따라 햇볕이 고인다
한참 더 올라가야 할 진흙 콧등
앙상한 귓불이 붙은 둥그런 손잡이
튀어나온 막대형 뻐드렁니
달걀형 그릇 밑창, 위태로운 턱선
동삼동 패총에서 갓 올라온
빗살무늬 토기인 그 남자
긁적이는 머리털에서 진흙이 떨어진다
이마에 고였던 빗살무늬 햇살이
웃을 때마다 눈가에 달라붙는다
뜨거운 마음 한 줄 새기려는 듯
사내의 눈빛이 빗살무늬로 퍼진다

엔젤 피시를 꿈꾸다

나를 올려주세요
공중으로 띄워 보내주세요
산수유 꽃밭이나 벚꽃나무 위가 아니어도 괜찮아요
탱자나무 가시 위라도 나는 좋아요
이렇게라도 멀리 달아나지 않으면 견딜 수가 없어요
놓아줄 듯하다가 끝끝내 버티고 잡아당기는
어항 속에 갇힌 엔젤 피시처럼
나는 당신의 손바닥에서 벗어나지 못해요
산허리를 감고 도는 당신의 팔을
풀다가 감다가 다시 풀어서라도
나를 멀리 보내주세요
나를 멀리 보내주세요
산수유 꽃밭이 아니어도
벚꽃나무가 아니어도
지느러미가 빠지고 꼬리가 잘리는
탱자나무 가시 위라도 상관하지 않을 테니
되도록 멀리 보내주세요
떠나보낼 수 있는 가슴처럼 넓은 하늘은 없어요
당신 손바닥은 너무 깊은 절망이에요
제발 나를 공중에 올려주세요

숨이 찬 아가미가 피투성이가 되더라도
공중으로 올라가다
공중으로 사라지는 게 나의 꿈이에요

풀밭 사이로

- 게오르그 잠피르의 고독한 양치기

바람 부는 도서관에 앉아
주택임대차보호법을 읽고 있을 뿐인데
녹두알같이 박힌 글자들이 풀밭처럼 보였다
풀과 풀 사이 굼실대는 여백이
한 줄로 늘어선 양들처럼 흔들렸다
양들은 냄새를 맡아보다가
푸륵푸륵 침을 흘리기도 하며 풀을 씹어 먹었다
불룩해진 양들은 목에 목을 얹고 비벼댔다
그때마다 철쭉 얼굴이 발그레 상기되었다
갑자기 빗방울이 떨어졌다
가랑비에 젖어가는 양 떼들을 불러들였다
바람을 따라 나간 양들은 뿔을 세워 고집을 부렸다
양들이 새 별을 찾아 떠나려 하나?
점점 굵어진 빗줄기가 거세게 덤벼들었다
다급해진 나는 작대기를 들고 풀밭 사이로 들어갔다
바람, 별거 아냐! 하다 제 털에 눈이 가려 허우적대는 양들
간신히 우리 속으로 몰아넣었다
양 떼들이나 우리도 세상에 세 들어 살기는 마찬가지야
한숨을 돌리고 나서 떨어지는 땀방울 닦으려 하자
비로소 주택임대차보호법의 보호를 받은
양 떼들이 가장 보드랍고 말랑한 미소를 보여주었다

트럭에 치인 솔새

서해안 고속도로를 밸리 댄스를 추며 달렸는데요 내 뒤를 따라오던 트럭이 차 뒤를 들이받아 가슴이 핸들에 부딪혔는데요 부서진 차를 내버려 두고 병원차에 실려 갔는데요 바닷가 가까운 응급실에는 비릿한 갯내음으로 가득했구요 흰 가운을 입은 사람에게 이끌려 가슴에 X-ray를 찍었는데요 인화된 필름 속에는 하얀 나무 한 그루 자라고 있었는데요 그 나뭇가지 위에 야윈 솔새 한 마리 퍼덕이고 있었는데요 부러진 날개가 가지에 닿을 때마다 시린 비명이 들리곤 했는데요 흰 모자를 쓴 사람이 엉덩이에 주삿바늘을 찌르자 깊은 잠이 들었는데요 문득 깨어보니 솔새 한 마리 어디론가 날아가고 찌르찌르 소리만 병상에 남아있네요

모르트 퐁텐의 추억*

모르트 퐁텐 호숫가에 서서
너도밤나무꽃을 따고 있어요
바람이 불고 나뭇잎과 가지가 흔들려요
수면 위로 피라미 나뭇잎이 팔딱이며 뚝뚝 떨어져요
산 그림자가 호수 바닥으로 가라앉고 있어요
꽃 따지 말아라, 얘야
꽃이 없으면 아람이 벌지 않는단다
어차피 시간이 흐르면 하늘하늘 떨어져 호수에 잠길 거야
아니에요 어머니, 그래도 꽃을 따고 싶어요
꽃을 저 혼자 내버려 두기 싫어요
저대로 두면 소리 소문 없이 시들고 말 거예요
꽃을 따서 주머니 속에 꼭꼭 넣어 둘래요
그러면 꽃은 주머니 속에서 부화하여 나비가 될 거예요
나비가 되어 더 화려한 세상으로 날아갈 거예요
그러니 어머니, 꽃을 따게 내버려 두세요
어머니, 날이 저물어 가요
너도밤나무들도 모두 어디론가 떠나고
나도 이제 나비를 타고 날아갈 거예요
모르트 퐁텐 호수엔
안개의 속삭임만 자욱하게 남을 거예요

어머니 혼자 너도밤나무꽃에 파묻혀 늙어가시고

* 모르트 퐁텐의 추억: 카미유 코로의 작품. 은회색의 나뭇잎이 하늘거려 보는 사람을 노스텔직한 기분으로 이끄는 코로의 말년 걸작 중 하나이다.

내 몸의 연결고리

빗줄기가 송곳날처럼 들쑤시는 밤 교통사고로 다친 목 어깨 허리의 수다가 시끄러워 잠이 들지 못하다 손을 뻗어 찜질기 온도 높여 한참 기다리는데 아무리 기다려도 소식 없었어 아차, 플러그 꽂는 걸 깜빡했나 봐

내 몸 안에도 플러그가 있어 가끔 하늘에라도 닿으면 가슴이 아려오곤 해 두 팔은 푸른 숲 더듬다 도시의 먹먹한 뒷골목 쓸기도 해 어쩌면 다리는 땅끝 어두운 지하 지나다 산고를 막 끝낸 여인의 속곳 한 자락 붙들곤 얽힌 명주 실낱같은 흐느낌을 휘저을지도 몰라

탯줄 같기도 하고 무명 자락 같은 것들 가슴 한편에서 쉼 없이 자맥질하며 붙들 수 있는 모니터를 찾고 있어 내 몸과 외부와의 네트워크를 빗줄기가 송곳처럼 폐부를 들쑤시고 천둥, 우레 같은 몸들의 수다가 시끄러운데

플러그는 밤새 더듬어 찾아도 어디 갔는지 보이지 않아

네트워크

교통사고로 다친 뼈들의 수다로 풋잠에도 들지 못해요 손을 뻗어 찜질기 온도를 높여도 아무 소식이 없어요 아차, 플러그 꽂는 걸 깜박했나 봐요 내 몸에도 플러그가 있어요 삭정이 같은 두 팔을 뻗어 마른하늘에 꽂으면 푸른 전기가 몸 안으로 흘러 들어와요 참빗살나무에 꽂으면 두 다리가 빗살무늬로 퍼져 땅속 깊은 곳으로 파고 들어가요 가끔 어두운 지하를 지나다 도시의 뒷골목에 꽂히기도 해요 그곳에서 길을 잃고 쉼 없이 자맥질하는 골목 새들을 만나기도 해요 나는 지금 환한 심장을 가진 모니터를 찾고 있어요 뼈들의 수다로 시끄러운 밤 플러그는 아무리 더듬거려도 도무지 잡히질 않아요 환한 심장에 꽂을 수 있는 플러그는 도대체 어디에 있는 건가요

돌 안의 선율

서 있는 바위 구르는 돌 안에 흐르는 것이 있어
높은음 낮은음 1분음표 4분음표 되돌이표
가끔은 쉼표
자꾸만 호흡이 거칠어져
바위는 구멍 뚫린 채
모든 음표들이 날아가 버린 허공이 되었어
병실을 4주째 지키고 있어
팔이 아려옴을 누르며 멍한 눈으로 정강이를 깁스한 할머니
빨리 죽어야지 노상 푸념하는 소리 귀 곁으로 흘리며
나도 점점 바위가 되어 가고 있어
여태 잘 그려왔던 선율이 툭 하고 끊기더니 잘 이어지지 않아
중간중간 바위에 새긴 음표들 사라져버렸어
쏟아진 기억을 담으려 되돌이표 수없이 그려보지만
소용없어
이젠 다시 시작해야 해

내 죽으면 사랑하는 이여

내 죽으면
머루 다래 열리는 산중에 나를 묻어다오
철 따라 꽃 피고 지고
칡넝쿨 우거진 산짐승도 찾아오는
그런 곳에 나를 묻어다오
하늘은 하늘과 만나고 산은 산끼리 어깨를 기대고
제 살을 부비고
먼 데 마을이 아련히 꿈꾸는
그 산중에 나를 묻어다오

내 죽으면
정결하고 맑은 물가에 나를 앉혀다오
너의 자태처럼 아리따운 백로가
가끔 물 한 모금 마시다 노닐다 가는
순하디순한 강물 곁에 나를 앉혀다오

온시디움*을 들어내다

열리지 않는 창으로 바깥을 바라보려니 엉겅퀴꽃빛으로 세상이 가라앉다 온시디움을 들어내며 열리지 않는 창을 기억한다 온시디움은 화사한 얼굴로 노랑나비 떼 불러 모아 잔치하곤 했지만 오늘 잔치도 끝나고 엉겅퀴꽃빛만 넘실거린다 그녀가 추었던 화려한 춤은 홀로 팔과 허리를 비틀고 비틀어진 허리는 다리들을 붙들고 다리들은 저들끼리 엉키다가 목덜미를 잡고 숨통을 끊어버렸다 나는 발톱 하나도 땅에 내어주지 못한 그래서 썩어 문드러진 육신을 가진 그녀를 들어내었다 갇힌 창의 깨진 유리 조각으로 그녀는 이미 끊어지고 썩어있으므로

어제 M이 자살했다는 소식을 들었다 마지막 창문까지 열지 못한 그가 창을 부수고 유서 한 장 날리며 쳐들어오는 지하철 앞으로 뛰어들었다 온시디움꽃처럼 웃던 그는 잠시 열리는 지하철 문이라도 붙들고 싶었던 걸까

그가 엉겅퀴꽃밭에 온시디움 발톱이 뚝뚝 끊어져 내리는 영안실에서 눈물로 우는 젊은 그의 아내가 오랫동안 녹이 슬어 이끼 낀 창문을 온몸으로 열고 있었다

* 온시디움(Oncidium): 주로 열대, 아열대 지방에서 자생하는 서양란의 일종. 노란색의 꽃이 피며 꽃 모양은 나비 같기도 하고 드레스 입은 여자가 양팔을 들고 있는 형상이어서 온시디움을 Dancing girl이라 부르기도 한다.

잠자리의 눈물

잠자리 떼가 오후의 땡볕을 물고
부지런히 날아다닌다
저울을 든 정의의 여신상이 나를 쳐다본다
나는 이제 저 저울 위에 올라설 수 없다
잠자리가 잠자리에게 날개를 기댈 때처럼
내 기억 속에 남겨질 사람들에게
좀 더 오래 악수를 청한다
어떤 손은 차갑고 어떤 손은 따뜻하다
눈동자에 흐린 미소가 떠다닌다
내 가장 따스한 눈빛으로
사람들을 바라본다
잠자리는 부지런히 눈알을 굴리며
그리운 모든 것을 담아두려는 듯
저울대를 걸어 잡고 오래 머문다
잠자리 커다란 눈알 속에 잠긴
말간 하늘을 보았을 뿐인데
악수한 사람들의 체온과 미소가
하늘 속 잠자리처럼 날아다닌다
언젠가 잠자리는 자기 앉았던 자리로
반드시 다시 돌아오고야 만다

익숙한 자세로 손을 흔들며
잠자리는 잠자리끼리
사람들은 사람들끼리
서로의 날개를 평행으로 맞춘다
바로 그때
저울의 양쪽 접시에 얹힌 하늘의 무게가 같아진다

가방을 지키다*

처음 보는 여자가 처음 보는 내게
가방을 맡기고 터미널 화장실 쪽으로 뛰어갔다

가방 안을 상상했다

여섯 번째 아니면 여덟 번째 칸의 변기나
눅눅한 이름을 부르면 활짝 퍼지며 튀어나온 코끼리이거나
저가 들어온 골목도 기억하지 못하면서
숨겨 달라 애원하던 오월의 장미 넝쿨이거나
혹은 난장이었던 내 어린 시절이
웅크리고 있을지도 모르는 가방의 안쪽

내가 아직 아이가 없는 것은
몇 번의 전생에서 아이의 손을 놓친 과오 때문이라는
점쟁이의 점괘처럼,
우두커니 가방은 내 앞에서 기다리는 동안
비둘기들이 저의 발목을 주워 들고
뒤뚱뒤뚱 가방 속으로 들어가고
아이 몇이 연대별로 가방 속에서 울고
어쩌면 이 지긋지긋한 가방으로부터 도망친 여자가

영영 돌아오지 않을 것 같은 분주한 시간,

철저한 타인도 아닌 타인의 물건에 묶인 이번 생은
아무래도 막차를 놓칠 것 같은 예감인데
아 이럴 땐, 흐르는 강물 속에서도 흐르지 않기로 한
그림자라도 되어야 하는 걸까

문득, 영혼을 놓친 연기구름 피어나는 굴뚝 옆으로
하르르 배꽃이 지던 일이 떠올랐다

* 가방을 지키다: 詩魔 2020년 제3호

고故 최란주 시인의 삶과 작품세계

- 시인의 1주기(2021. 7. 19.)를 맞으며

정준호

고故 최란주(1967년생) 시인은 법원서기보 19기로 1992년에 법원에 입사하여 2020. 7. 19. 타계하였다.

그는 막 발행되기 시작한 법원 회보(현 '법원 사람들', 1994. 2. 1. 자 창간, 월 2회 발간)를 통하여 감수성 넘치는 시를 연달아 발표하여 법원 사람들의 관심을 불러일으켰다.

당시 직원들은 배달되는 회보에 실린 시를 바쁜 업무 틈틈이 읽으며 삭막한 일터에서 하루의 피로를 다소나마 잊을 수 있었다. 그 첫 시로는

내가 산을 사랑하는 것은
그 산이 아름다운 나무와 들과 숲을
가졌기 때문이 아닙니다
- 중략 -
내가 산을 사모하는 것은
산은 산이기 때문입니다
- 중략 -
내가 그대를 보고파 하는 것은
그대가 나에게 무언가를 줄 거라고 기대하는 것도
영예로운 후광을 얻음을 바라서가 아닙니다

내가 그대를 애타게 찾는 까닭은

그대는 그대이기 때문입니다

- 「내가 산을 사랑하는 까닭은」

(의정부지원 형사과 법원서기보, 1994. 5. 15.)

이때쯤 신입 직원으로서 풋풋함과 자유분방함 그리고 자신감이 묻어 나오고 있으며, 다음 시에서는 직장에 좀 더 적응되고 내면에 체화된 모습을 보이고 있는데, 대전지법 권태후 사무관은 '민사 법정에서 증오의 불꽃으로 서로를 태우는 원고와 피고… 그 옆 무심한 법원서기' 라고 표현한 바 있다.(2020. 8. 20. 자 문예광장, 고 최란주 시인의 작품과 묘소 안내 '강수현 게재' , 권태후 사무관 댓글 참조.)

법정에는 눈이 없다
팔짱을 낀 사람
다리를 꼬는 사람
울고 보채는 아이를 달래는 아줌마
삐삐 소리 나는 아저씨
서로 싸우는 원고와 피고
권리를 지키려는 몸부림만 있을 뿐
법정에는 눈이 없다

법정에는 눈이 있다
재판부에도
사람들이 하나 둘 떠난 텅 빈 자리에도
눈은 살아 있다
부리부리한 눈은 살아 있다

법정 밖 유리창 너머 흔들리는 나무들에도
법정 구석구석에도 눈들이 꿈틀거린다
도덕의 눈
양심의 눈
선량한 사람의 눈
적정한 법의 눈 그리고
神의 눈

- 「민사 법정에서」(동대문등기소 법원서기보, 1995. 6. 15.)

시인은 1996년경 전주지방법원으로 전근하게 된다. 당시는 지역별로 모집하였으므로 의무 전근은 없었을 것이고 자원을 해서 갔을 것으로 짐작된다. 고향 구례와도 비교적 가깝다. 거기서도 작품 활동을 계속하여 「허허로운 들녘에」(전주지법 서기, 1996. 12. 15.), 「신록이 푸르른 날엔」(전주지법 서기, 1997. 6. 15.), 「새해에는」(군산지원 익산시법원 서기, 1999. 1. 15.), 「여름 풍경」(군산지원 익산시법원 서기, 1999. 8. 1.) 등에서 서정미 넘치는 농촌 풍광과 情을 어릴 적 할머니의 구미호 얘기와 엄마 품에 잠든 기억을 소환하며 풍요로운 일상으로 엮어간다. 그러던 중 시인은 생의 한 전기를 맞는 듯한 시를 발표한다.

나는 나의 얼굴을
그리지 못합니다
생각하면 쉬울 듯도 합니다만
붓을 들면 자꾸만 잊혀 갑니다

모네의 자화상처럼
몇 번이고 그려서 찢고
또다시 그려내지만
아직 내 삶이 완성되지 않은 듯
나는 자화상을 만들어 내지 못합니다

나는 몹시도 고독한 목을 길게 빼고서
나무 곁에 서면 나무가 되고
돌 곁에 서면 돌이 되고
꽃이 피면 꽃이 되고
나비가 날면 나비가 되어
이 골 저 골 이 계곡에서 저 계곡으로
이 숲속에서 저 숲속으로
날아다닙니다

왜, 어둠을 몰고 가는지
그 까닭을 모르면서
새벽으로 서 있기를 희망하면서도
나는 나의 얼굴을 그리지 못합니다

-「자화상」(전주지법 익산시법원 서기, 2000. 2. 1.)

이 시를 들여다보면 초창기의 풋풋함과 자신만만함은 사라지고 어딘지 모르게 우수에 젖어 들고, 고독에 빠지며 그러면서도 그 무엇을 갈망하는 듯한 자화상을 그리면서, 시인으로 직장인으로 다음을 준비하며, 전주·익산 생활을 청산하고 서울로 돌아오게 된다.

「여름 풍경」(서울지법 남부지원 서기, 2000. 8. 1.), 「흐르는 것은 강물만이 아니다」(법원행정처 주사보, 2002. 7. 1.), 「눈이 오는 날엔 쉽게 잠든다」(법원행정처 주사보, 2003. 1. 1.), 「봄은 해적선이다」(서울남부지법 주사보, 2004. 3. 1.), 「구름사다리」(서울남부지법 법원주사, 2005. 5. 1.), 「사람을 위하여 법은 존재한다 1, 2」(서울남부지법 법원주사, 2006. 9. 1.~10. 1.) 등 이 시기의 시인은 소녀의 앳된 모습에서 성숙한 모습으로 코트넷상 사진도 바꾸게 되지만 여전히 서정미 흐르며 향토색 짙은 자연을 곧잘 노래하고 있다.

그대는
어느 먼 곳에서 날아온
한 마리 학입니까?
그토록 어여쁜 모습으로
먼 곳에서 손짓하는 학입니까?

잡히지 않는
모두 그리움이 될
까마득하게 내려오더니
나는
마침내 승천한 것 같아

눈을 뜨고 바라보면 볼수록
겹겹이 쌓이는
그리운 세사世事

꽃잎 꽃잎으로 더욱힌 눈입니다

-「눈」(2000. 4. 1. 법원회보 149호)

이 시에서 지고한 순수문학을 지향하면서도 사람에 대한 따뜻한 마음을 보이며, 어린 시절 동심으로 자연을 노래하며 가장 왕성한 작품 활동을 할 때이기도 하다. 하지만 2006년을 마지막으로 하여 한동안 더 이상 작품 발표가 없게 된다.

2009년 비교적 늦게 결혼하여 임신을 위해 노력한다.(결국 임신 실패) 그 남편 윤대룡(한시의 대가, 2015년 서울고등법원 퇴직)은 결혼 초에 한시 칠언절구로 이런 시를 썼다.(다음은 본인 번역문)

'돌아가신 아버지가 살아오시는 것보다 처의 아름다움이 더 기쁘다' 라고.

더불어 2011년경부터 시작된 법원사무관 승진시험(7회 응시)과 연이은 교통사고 후유증 등이 시인을 매우 힘들게 했다고 보인다. 그러던 지난해 늦봄(5월경), 시인은 암과 뇌경색, 모야모야 합병증으로 극심한 고통 속에서 2020. 7. 19. 새벽에 아프다는 말 한마디 없이 우리 곁을 훌쩍 떠났다.

그 봄, 매일신문 신춘문예에 당선된 시 한 편을 남기고서….

전화로 통화하는 내내

꽃 핀 산수유 가지가 지지직거렸다

그때 산수유나무에는 기간을 나가는 세입자가 있다

얼어있던 날씨의 아랫목을 찾아다니는 삼월,

나비와 귀뚜라미를 놓고 망설인다

봄날의 아랫목은 두 폭의 날개가 있고
가을날의 아랫목은 두 개의 안테나와 청기聽器가 있다
뱀을 방안에 까는 것은 어떠냐고
수리업자는 나뭇가지를 들추고 물어왔지만
갈라진 한여름 꿈은 꾸고 싶지 않다고 거절했다

오고 가는 말들에 시차가 있다
그 사이 표준 온도 차는 5도쯤 북상해 있다
천둥과 번개 사이의 간극,
스며든 빗물과 곰팡이의 벽화가
문짝을 7도쯤 비틀어지게 한다

북상하는 꽃소식으로 견적서를 쓰고
문 열려있는 기간으로 송금을 하기로 한다

꽃들의 시차가 매실 속으로 이를 악물고 든다
중부지방의 방식으로 남쪽의 집수리를 부탁하고 보니
내가 들어가 살 집이 아니었다
종료 버튼을 누르면서 계약이 성립된다
산수유 꽃나무가 화르르
허물어지고 있을 것이다

- 「남쪽의 집수리」(필명 최선, 2020년 매일신문 신춘문예 당선)

이 시는 산수유, 나비(날개), 귀뚜라미(안테나), 뱀(구들, 패널

등 난방), 나뭇가지(장판) 등을 소재로 하여 한바탕 꽃놀이하고 있고, 세입자, 수리업자, 견적서, 기간, 청약과 거절, 계약 성립 등 법률용어를 어쩌면 그렇게 문학적인 언어와 함께 자연스럽게 썼는지 시인이 항상 꿈꿔왔을, 구례 산동면 산수유마을 노오란 산수유 그늘에서 시인만의 언어로 된 '민법학개론'을 상춘객들과 어우러져 노래하고 있는 듯하다.

시인의 고향 어린 시절부터 법원에 근무하면서 체득한 모든 내용, 시인의 감성과 서정성이 모두 어우러진 이 시는 '내(시인)가 들어가 살 집이 아니라'고 시인이 우리에게 집 수리된 집을 물려줌과 동시에 더 나은 따뜻한 집(세상)을 지으라고 간절한 언어로 부탁하고 있다.

결국 '산수유 꽃나무가 화르르 허물어지고' 있었고 뒤늦은 한 줄기 뜨거운 눈물이 흘러내리지 않을 수 없었다.

나중의 일이지만, 시인이 발표한 시 여러 편을 더 보게 되었다. 이 중에는 2010년 이전에 발표한 것도 있었으나 상당 부분은 2018년경 이후에 쓰였다고 추측되는 것으로 그중 몇 편을 들어보면 「줄장미 붉은 손바닥」(2007 서울디지털대 사이버 문학상), 「카페 라 캄파넬라」, 「늦겨울」, 「땡볕 법정」, 「네모난 겨울 - 법원 사무실에서 바라본 풍경」, 「책상은 주름을 양육한다」, 「가방을 지키다」 등이 있다.

이 시기의 시들은 원숙한 경지에 접어든 주옥같은 작품들이다. 언젠가(2018년 말경) 이제 시집을 내어봄이 어떠냐고 물었을 때, 더 습작하여 문단의 검증을 받아보겠다고 한 적이 있었다.

하지만 곧이어 닥친 건강 악화는 시인의 모든 것을 앗아

묘소 전경(사망 1년이 지나 무덤 위에 파란 잔디가 돋아난 모습)

가게 된다. 법원 회보에 실린 글들, 그 후 발표한 시들 그리고 미발표 유작을 묶어 단행권 시집을 출간하게 되길 간절히 기원해 본다.

위 시 중 「책상은 주름을 양육한다」는 고시원과 고시생의 생활을 생생하게 그린 작품이고, 「가방을 지키다」는 자서전적이며 생애의 통찰이 가득한 작품으로 여기에 전문을 적어둔다.

처음 보는 여자가 처음 보는 내게
가방을 맡기고 터미널 화장실 쪽으로 뛰어갔다

가방 안을 상상했다

여섯 번째 아니면 여덟 번째 칸의 변기나

눅눅한 이름을 부르면 활짝 펴지며 튀어나온 코끼리이거나
저가 들어온 골목도 기억하지 못하면서
숨겨 달라 애원하던 오월의 장미 넝쿨이거나
혹은 난장이었던 내 어린 시절이
웅크리고 들어있을지도 모르는 가방의 안쪽

내가 아직 아이가 없는 것은
몇 번의 전생에서 아이의 손을 놓친 과오 때문이라는
점쟁이의 점괘처럼
우두커니 가방은 내 앞에서 기다리는 동안
비둘기들이 저의 발목을 주워 들고
뒤뚱뒤뚱 가방 속으로 들어가고
아이 몇이 연대별로 가방 속에서 울고
어쩌면 이 지긋지긋한 가방으로부터 도망친 여자가
영영 돌아오지 않을 것 같은 분주한 시간,

철저한 타인도 아닌 타인의 물건에 묶인 이번 생은
아무래도 막차를 놓칠 것 같은 예감인데
아 이럴 땐, 흐르는 강물 속에서도 흐르지 않기로 한
그림자라도 되어야 하는 걸까

문득, 영혼을 놓친 연기구름 피어나는 굴뚝 옆으로
하르르 배꽃이 지던 일이 떠올랐다

-「가방을 지키다」(詩魔, 2020, 제3호)

※ 이 글은 시인의 사망 1주기를 맞아 2021. 7. 21. 법원 내부 게시판(코트넷) 문예광장에 올린 글임.